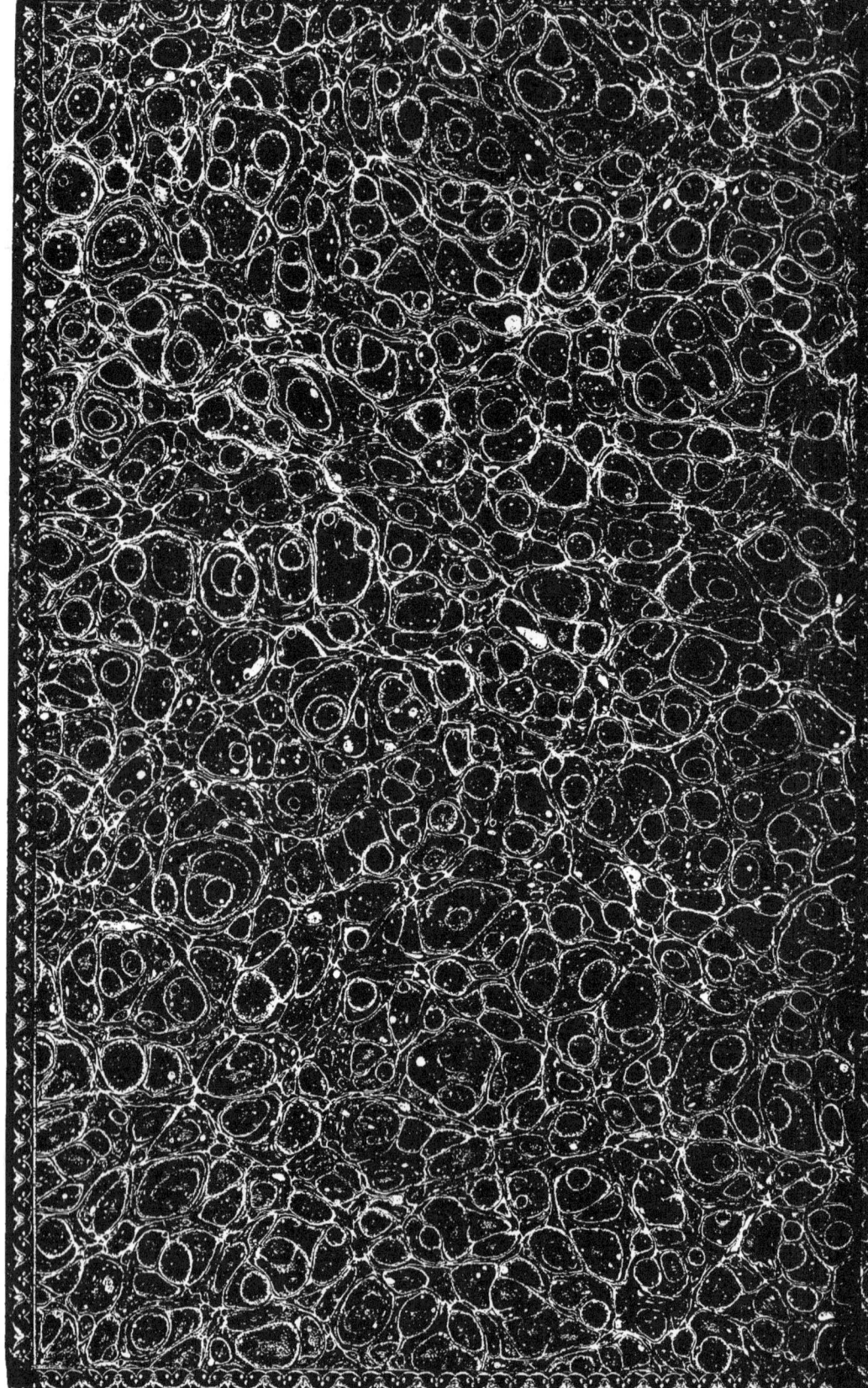

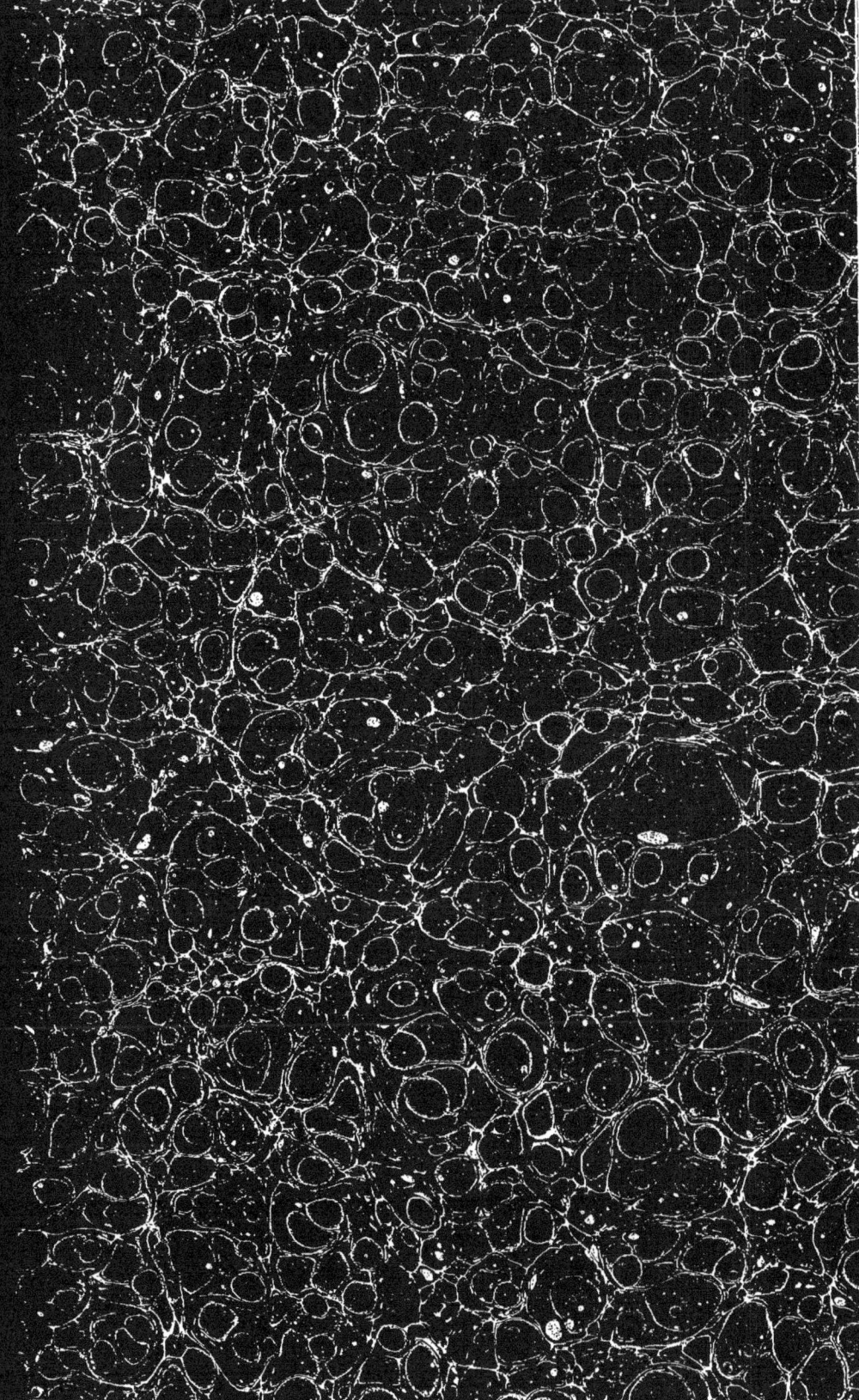

FABLES

DE

LA FONTAINE

—

TOME II

IMPRIMERIE DE H. FOURNIER ET Cᵉ.

14, RUE DE SEINE.

FABLES

DE

LA FONTAINE

ÉDITION ILLUSTRÉE

PAR

J. J. GRANDVILLE

TOME II

PARIS

H. FOURNIER AINÉ, ÉDITEUR
RUE DE SEINE, 16

PERROTIN, PLACE DE LA BOURSE, 1

M DCCC XXXVIII

LIVRE 8

VERDEIL. SC.

II.

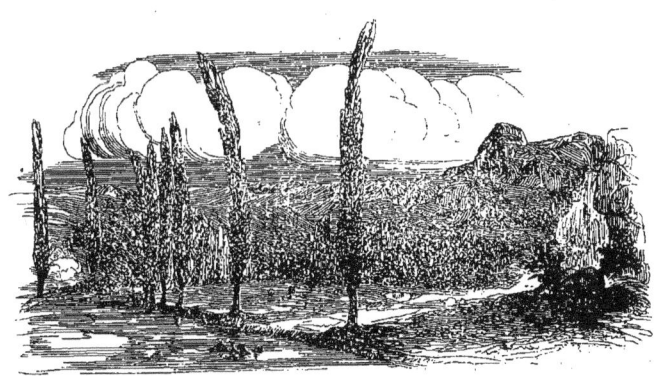

FABLE PREMIÈRE.

La Mort et le Mourant.*

A Mort ne surprend point le sage :
Il est toujours prêt à partir,
S'étant su lui-même avertir
Du temps où l'on se doit résoudre à ce passage.
Ce temps, hélas ! embrasse tous les temps :
Qu'on le partage en jours, en heures, en moments,
Il n'en est point qu'il ne comprenne
Dans le fatal tribut : tous sont de son domaine ;
Et le premier instant où les enfants des rois

* Abstemius, 99, *de Sene mortem differre volente.* — Guicciardini, *Detti et Fatti piacevoli.*

   Ouvrent les yeux à la lumière
    Est celui qui vient quelquefois
     Fermer pour toujours leur paupière.
    Défendez-vous par la grandeur ;
  Alléguez la beauté, la vertu, la jeunesse ;
     La Mort ravit tout sans pudeur :
  Un jour le monde entier accroîtra sa richesse.
     Il n'est rien de moins ignoré ;
     Et, puisqu'il faut que je le die,
     Rien où l'on soit moins préparé.

  Un mourant, qui comptoit plus de cent ans de vie,
  Se plaignoit à la Mort que précipitamment
  Elle le contraignoit de partir tout-à-l'heure,
     Sans qu'il eût fait son testament,
  Sans l'avertir au moins. Est-il juste qu'on meure
  Au pied levé ? dit-il : attendez quelque peu ;
  Ma femme ne veut pas que je parte sans elle ;
  Il me reste à pourvoir un arrière-neveu ;
  Souffrez qu'à mon logis j'ajoute encore une aile.
  Que vous êtes pressante, ô déesse cruelle ! —
  Vieillard, lui dit la Mort, je ne t'ai point surpris ;
  Tu te plains sans raison de mon impatience :
  Eh ! n'as-tu pas cent ans ? Trouve-moi dans Paris
  Deux mortels aussi vieux ; trouve-m'en dix en France.
  Je devois, ce dis-tu, te donner quelque avis
     Qui te disposât à la chose :
    J'aurois trouvé ton testament tout fait,
  Ton petit-fils pourvu, ton bâtiment parfait.
  Ne te donna-t-on pas des avis, quand la cause

Du marcher et du mouvement,
Quand les esprits, le sentiment,
Quand tout faillit en toi? Plus de goût, plus d'ouïe;
Toute chose pour toi semble être évanouie;
Pour toi l'astre du jour prend des soins superflus:
Tu regrettes des biens qui ne te touchent plus.
Je t'ai fait voir tes camarades,
Ou morts, ou mourants, ou malades:
Qu'est-ce que tout cela, qu'un avertissement?
Allons, vieillard, et sans réplique.
Il n'importe à la république
Que tu fasses ton testament.

La Mort avoit raison: je voudrois qu'à cet âge
On sortît de la vie ainsi que d'un banquet,
Remerciant son hôte; et qu'on fît son paquet:
Car de combien peut-on retarder le voyage?
Tu murmures, vieillard? vois ces jeunes mourir;
Vois-les marcher, vois-les courir
A des morts, il est vrai, glorieuses et belles,
Mais sûres cependant, et quelquefois cruelles.
J'ai beau te le crier; mon zèle est indiscret:
Le plus semblable aux morts meurt le plus à regret.

Le Savetier et le Financier.*

Un savetier chantoit du matin jusqu'au soir :
    C'étoit merveilles de le voir,
Merveilles de l'ouïr ; il faisoit des passages ,
    Plus content qu'aucun des sept sages.
Son voisin , au contraire , étant tout cousu d'or,
    Chantoit peu , dormoit moins encor :
    C'étoit un homme de finance.
Si sur le point du jour parfois il sommeilloit ,
Le savetier alors en chantant l'éveilloit ;
    Et le financier se plaignoit
    Que les soins de la Providence
N'eussent pas au marché fait vendre le dormir,
    Comme le manger et le boire.
    En son hôtel il fait venir
Le chanteur, et lui dit : Or çà , sire Grégoire ,
Que gagnez-vous par an ? — Par an ! ma foi, monsieur,
    Dit avec un ton de rieur
Le gaillard savetier, ce n'est point ma manière
De compter de la sorte ; et je n'entasse guère
    Un jour sur l'autre : il suffit qu'à la fin

* Bonaventure des Periers, nouvelle XXI, t. 1. p. 211. — HORAT., *Epist.*, 1, 7.

LE SAVETIER ET LE FINANCIER.

J'attrape le bout de l'année :
Chaque jour amène son pain. —
Eh bien ! que gagnez-vous, dites-moi, par journée ? —
Tantôt plus, tantôt moins : le mal est que toujours
(Et sans cela nos gains seroient assez honnêtes),
Le mal est que dans l'an s'entremêlent des jours
  Qu'il faut chômer ; on nous ruine en fêtes :
L'une fait tort à l'autre ; et monsieur le curé
De quelque nouveau saint charge toujours son prône.
Le financier, riant de sa naïveté,
Lui dit : Je vous veux mettre aujourd'hui sur le trône.
Prenez ces cent écus ; gardez-les avec soin,
  Pour vous en servir au besoin.
Le savetier crut voir tout l'argent que la terre
  Avoit, depuis plus de cent ans,
  Produit pour l'usage des gens.
Il retourne chez lui : dans sa cave il enserre
  L'argent, et sa joie à la fois.
  Plus de chant : il perdit la voix
Du moment qu'il gagna ce qui cause nos peines.
  Le sommeil quitta son logis :
  Il eut pour hôtes les soucis,
  Les soupçons, les alarmes vaines.
Tout le jour il avoit l'œil au guet ; et la nuit,
  Si quelque chat faisoit du bruit,
Le chat prenoit l'argent. A la fin le pauvre homme
S'en courut chez celui qu'il ne réveilloit plus :
Rendez-moi, lui dit-il, mes chansons et mon somme,
  Et reprenez vos cent écus.

FABLE III

Le Lion, le Loup, et le Renard.[*]

Un lion, décrépit, goutteux, n'en pouvant plus,
Vouloit que l'on trouvât remède à la vieillesse.
Alléguer l'impossible aux rois, c'est un abus.
     Celui-ci parmi chaque espèce
Manda des médecins : il en est de tous arts.
Médecins au lion viennent de toutes parts ;
De tous côtés lui vient des donneurs de recettes.
     Dans les visites qui sont faites,
Le renard se dispense et se tient clos et coi.
Le loup en fait sa cour, daube, au coucher du roi,
Son camarade absent. Le prince tout-à-l'heure
Veut qu'on aille enfumer renard dans sa demeure,
Qu'on le fasse venir. Il vient, est présenté ;
Et sachant que le loup lui faisoit cette affaire :

[*] Æ-op., 255, *Leo, Lupus et Vulpes*. — Bidpaï et Lokman, *le Corbeau, le oup, le Renard, le Lion, et le Chameau.*

1.

Je crains, sire, dit-il, qu'un rapport peu sincère
    Ne m'ait à mépris imputé
    D'avoir différé cet hommage ;
    Mais j'étois en pélerinage,
Et m'acquittois d'un vœu fait pour votre santé.
    Même j'ai vu dans mon voyage
Gens experts et savants ; leur ai dit la langueur
Dont votre majesté craint à bon droit la suite.
    Vous ne manquez que de chaleur ;
    Le long âge en vous l'a détruite :
D'un loup écorché vif appliquez-vous la peau
    Toute chaude et toute fumante :
    Le secret sans doute en est beau
    Pour la nature défaillante.
    Messire loup vous servira,
    S'il vous plaît, de robe de chambre.
    Le roi goûte cet avis-là.
    On écorche, on taille, on démembre
Messire loup. Le monarque en soupa,
    Et de sa peau s'enveloppa.

Messieurs les courtisans, cessez de vous détruire ;
Faites, si vous pouvez, votre cour sans vous nuire :
Le mal se rend chez vous au quadruple du bien.
Les daubeurs ont leur tour d'une ou d'autre manière :
    Vous êtes dans une carrière
    Où l'on ne se pardonne rien.

FABLE IV

Le Pouvoir des Fables.[*]

A M. DE BARILLON.[**]

La qualité d'ambassadeur
Peut-elle s'abaisser à des contes vulgaires ?
Vous puis-je offrir mes vers et leurs grâces légères ?
S'ils osent quelquefois prendre un air de grandeur,
Seront-ils point traités par vous de téméraires ?
    Vous avez bien d'autres affaires
    A démêler, que les débats
    Du lapin et de la belette.
    Lisez-les ; ne les lisez pas ;
    Mais empêchez qu'on ne nous mette
    Toute l'Europe sur les bras.
    Que de mille endroits de la terre
    Il nous vienne des ennemis,
    J'y consens ; mais que l'Angleterre

[*] Æsop., 54, 181, *Demades orator*.
[**] Ambassadeur en Angleterre.

Veuille que nos deux rois se lassent d'être amis,
  J'ai peine à digérer la chose.
N'est-il point encor temps que Louis se repose?
Quel autre Hercule enfin ne se trouveroit las
De combattre cette hydre? et faut-il qu'elle oppose
Une nouvelle tête aux efforts de son bras?
  Si votre esprit plein de souplesse,
  Par éloquence et par adresse,
Peut adoucir les cœurs et détourner ce coup,
Je vous sacrifierai cent moutons : c'est beaucoup
  Pour un habitant du Parnasse.
  Cependant faites-moi la grâce
  De prendre en don ce peu d'encens :
  Prenez en gré mes vœux ardents,
Et le récit en vers qu'ici je vous dédie.
Son sujet vous convient ; je n'en dirai pas plus :
  Sur les éloges que l'envie
  Doit avouer qui vous sont dus,
  Vous ne voulez pas qu'on appuie.

Dans Athène autrefois, peuple vain et léger,
Un orateur,* voyant sa patrie en danger,
Courut à la tribune ; et, d'un art tyrannique,
Voulant forcer les cœurs dans une république,
Il parla fortement sur le commun salut.
On ne l'écoutoit pas. L'orateur recourut
  A ces figures violentes
Qui savent exciter les ames les plus lentes :

---

* Démades.

Il fit parler les morts, tonna, dit ce qu'il put;
Le vent emporta tout; personne ne s'émut.
    L'animal aux têtes frivoles,
Étant fait à ces traits, ne daignoit l'écouter;
Tous regardoient ailleurs: il en vit s'arrêter
A des combats d'enfants et point à ses paroles.
Que fit le harangueur? Il prit un autre tour.
Cérès, commença-t-il, faisoit voyage un jour
    Avec l'anguille et l'hirondelle:
Un fleuve les arrête; et l'anguille en nageant,
    Comme l'hirondelle en volant,
Le traversa bientôt. L'assemblée à l'instant
Cria tout d'une voix: Et Cérès, que fit-elle?
    Ce qu'elle fit! un prompt courroux
    L'anima d'abord contre vous.
Quoi! de contes d'enfants son peuple s'embarrasse;
    Et du péril qui le menace
Lui seul entre les Grecs il néglige l'effet!
Que ne demandez-vous ce que Philippe fait?
    A ce reproche l'assemblée,
    Par l'apologue réveillée,
    Se donne entier à l'orateur.
    Un trait de fable en eut l'honneur.

Nous sommes tous d'Athène en ce point; et moi-même,
Au moment que je fais cette moralité,
    Si Peau-d'âne m'étoit conté,
    J'y prendrois un plaisir extrême.
Le monde est vieux, dit-on: je le crois; cependant
Il le faut amuser encor comme un enfant.

FABLE V

L'Homme et la Puce.[*]

Par des vœux importuns nous fatiguons les dieux,
Souvent pour des sujets même indignes des hommes :
Il semble que le ciel sur tous tant que nous sommes
Soit obligé d'avoir incessamment les yeux,
Et que le plus petit de la race mortelle,
A chaque pas qu'il fait, à chaque bagatelle,
Doive intriguer l'Olympe et tous ses citoyens,
Comme s'il s'agissoit des Grecs et des Troyens.

Un sot par une puce eut l'épaule mordue.
Dans les plis de ses draps elle alla se loger.
Hercule, ce dit-il, tu devrois bien purger
La terre de cette hydre au printemps revenue !
Que fais-tu, Jupiter, que du haut de la nue
Tu n'en perdes la race, afin de me venger ?

Pour tuer une puce, il vouloit obliger
Ces dieux à lui prêter leur foudre et leur massue.

[*] Æsop., 194, *Pulex et Athleta.*

FABLE VI

Les Femmes et le Secret.*

Rien ne pèse tant qu'un secret :
Le porter loin est difficile aux dames ;
    Et je sais même sur ce fait
    Bon nombre d'hommes qui sont femmes.

Pour éprouver la sienne un mari s'écria,
La nuit étant près d'elle : O dieux ! qu'est-ce cela ?
    Je n'en puis plus ! on me déchire !
Quoi ! j'accouche d'un œuf ! — D'un œuf ? — Oui, le voilà
Frais et nouveau pondu : gardez-bien de le dire ;
On m'appelleroit poule. Enfin, n'en parlez pas.
    La femme, neuve sur ce cas,
    Ainsi que sur mainte autre affaire,
Crut la chose, et promit ses grands dieux de se taire ;

* Abstemius, 129, *de Viro qui uxori se ovum peperisse dixerat.* — Guicciardini, *Detti piacevoli.*

LES FEMMES ET LE SECRET.

Mais ce serment s'évanouit
Avec les ombres de la nuit.
L'épouse, indiscrète et peu fine,
Sort du lit quand le jour fut à peine levé ;
Et de courir chez sa voisine :
Ma commère, dit-elle, un cas est arrivé ;
N'en dites rien surtout, car vous me feriez battre :
Mon mari vient de pondre un œuf gros comme quatre.
Au nom de Dieu, gardez-vous bien
D'aller publier ce mystère.
Vous moquez-vous? dit l'autre : ah ! vous ne savez guère
Quelle je suis. Allez, ne craignez rien.
La femme du pondeur s'en retourne chez elle.
L'autre grille déjà de conter la nouvelle :
Elle va la répandre en plus de dix endroits :
Au lieu d'un œuf, elle en dit trois.
Ce n'est pas encor tout; car une autre commère
En dit quatre, et raconte à l'oreille le fait :
Précaution peu nécessaire ;
Car ce n'étoit plus un secret.
Comme le nombre d'œufs, grâce à la renommée,
De bouche en bouche alloit croissant,
Avant la fin de la journée
Ils se montoient à plus d'un cent.

FABLE VII

Le Chien qui porte à son cou le dîné de son Maître.[*]

Nous n'avons pas les yeux à l'épreuve des belles,
    Ni les mains à celle de l'or :
    Peü de gens gardent un trésor
    Avec des soins assez fidèles.

Certain chien, qui portoit la pitance au logis,
S'étoit fait un collier du dîné de son maître.
Il étoit tempérant, plus qu'il n'eût voulu l'être
    Quand il voyoit un mets exquis ;
Mais enfin il l'étoit : et, tous tant que nous sommes,
Nous nous laissons tenter à l'approche des biens.
Chose étrange ! on apprend la tempérance aux chiens,
    Et l'on ne peut l'apprendre aux hommes !
Ce chien-ci donc étant de la sorte atourné,
Un mâtin passe, et veut lui prendre le dîné.
    Il n'en eut pas toute la joie
Qu'il espéroit d'abord : le chien mit bas la proie

---

[*] REGNERII *Apologi Phædrii*, pars I, fab. XVII, *Coqui, Canis et alii Canes*.

LE CHIEN QUI PORTE A SON COU
LE DINER DE SON MAITRE.

Pour la défendre mieux, n'en étant plus chargé.
    Grand combat. D'autres chiens arrivent :
    Ils étoient de ceux-là qui vivent
    Sur le public, et craignent peu les coups.
Notre chien, se voyant trop foible contre eux tous,
Et que la chair couroit un danger manifeste,
Voulut avoir sa part ; et, lui sage, il leur dit :
Point de courroux, messieurs ; mon lopin me suffit :
    Faites votre profit du reste.
A ces mots, le premier il vous happe un morceau ;
Et chacun de tirer, le mâtin, la canaille,
    A qui mieux mieux : ils firent tous ripaille ;
    Chacun d'eux eut part au gâteau.

Je crois voir en ceci l'image d'une ville
Où l'on met les deniers à la merci des gens.
    Échevins, prévôt des marchands,
    Tout fait sa main : le plus habile
Donne aux autres l'exemple, et c'est un passe-temps
De leur voir nettoyer un monceau de pistoles.
Si quelque scrupuleux, par des raisons frivoles,
Veut défendre l'argent, et dit le moindre mot,
    On lui fait voir qu'il est un sot.
    Il n'a pas de peine à se rendre.
    C'est bientôt le premier à prendre.

FABLE VIII

Le Rieur et les Poissons.[*]

On cherche les rieurs ; et moi je les évite.
Cet art veut, sur tout autre, un suprême mérite :
    Dieu ne créa que pour les sots
    Les méchants diseurs de bons mots.
    J'en vais peut-être en une fable
    Introduire un ; peut-être aussi
Que quelqu'un trouvera que j'aurai réussi.

    Un rieur étoit à la table
   D'un financier, et n'avoit en son coin
Que de petits poissons : tous les gros étoient loin.
Il prend donc les menus, puis leur parle à l'oreille ;
    Et puis il feint, à la pareille,

[*] Abstemius, 118, *de Viro de Morte patris pisciculos sciscitante.* — Athénée, l, ch. VI.

D'écouter leur réponse. On demeura surpris :
  Cela suspendit les esprits.
  Le rieur alors, d'un ton sage,
  Dit qu'il craignoit qu'un sien ami,
  Pour les grandes Indes parti,
  N'eût depuis un an fait naufrage.
Il s'en informoit donc à ce menu fretin :
Mais tous lui répondoient qu'ils n'étoient pas d'un âge
  A savoir au vrai son destin ;
  Les gros en sauroient davantage.
N'en puis-je donc, messieurs, un gros interroger ?
  De dire si la compagnie
  Prit goût à sa plaisanterie,
J'en doute ; mais, enfin, il les sut engager
A lui servir d'un monstre assez vieux pour lui dire
Tous les noms des chercheurs de mondes inconnus
  Qui n'en étoient pas revenus,
Et que depuis cent ans sous l'abîme avoient vus
  Les anciens du vaste empire.

Le Rat et l'Huître.[*]

Un rat, hôte d'un champ, rat de peu de cervelle,
Des lares paternels un jour se trouva soûl.
Il laisse là le champ, le grain et la javelle,
Va courir le pays, abandonne son trou.
    Sitôt qu'il fut hors de la case:
Que le monde, dit-il, est grand et spacieux!
Voilà les Apennins, et voici le Caucase!
La moindre taupinée étoit mont à ses yeux.
Au bout de quelques jours le voyageur arrive
En un certain canton où Téthys sur la rive
Avoit laissé mainte huître; et notre rat d'abord
Crut voir, en les voyant, des vaisseaux de haut bord.
Certes, dit-il, mon père étoit un pauvre sire!
Il n'osoit voyager, craintif au dernièr point.
Pour moi, j'ai déjà vu le maritime empire:
J'ai passé les déserts, mais nous n'y bûmes point.

* Abstemius,i, *de Mure in cista nato.* — Æsop., 290, 212, *Canis.*

LE RAT ET L'HUITRE.

D'un certain magister le rat tenoit ces choses,
  Et les disoit à travers champs;
N'étant point de ces rats qui, les livres rongeants,
  Se font savants jusques aux dents.
    Parmi tant d'huîtres toutes closes
Une s'étoit ouverte; et, bâillant au soleil,
    Par un doux zéphyr réjouie,
Humoit l'air, respiroit, étoit épanouie,
Blanche, grasse, et d'un goût, à la voir, nonpareil.
D'aussi loin que le rat voit cette huître qui bâille:
Qu'aperçois-je! dit-il; c'est quelque victuaille!
Et, si je ne me trompe à la couleur du mets,
Je dois faire aujourd'hui bonne chère, ou jamais.
Là-dessus, maître rat, plein de belle espérance,
Approche de l'écaille, alonge un peu le cou,
Se sent pris comme aux lacs; car l'huître tout d'un coup
Se referme. Et voilà ce que fait l'ignorance.

Cette fable contient plus d'un enseignement:
    Nous y voyons premièrement
Que ceux qui n'ont du monde aucune expérience
Sont, aux moindres objets, frappés d'étonnement;
    Et puis nous y pouvons apprendre
    Que tel est pris qui croyoit prendre.

FABLE X

L'Ours et l'Amateur des Jardins.[*]

Certain ours montagnard, ours à demi léché,
Confiné par le Sort dans un bois solitaire,
Nouveau Bellérophon, vivoit seul et caché.
Il fût devenu fou : la raison d'ordinaire
N'habite pas long-temps chez les gens séquestrés.
Il est bon de parler, et meilleur de se taire ;
Mais tous deux sont mauvais alors qu'ils sont outrés.
     Nul animal n'avoit affaire
     Dans les lieux que l'ours habitoit ;
     Si bien que, tout ours qu'il étoit,
Il vint à s'ennuyer de cette triste vie.
Pendant qu'il se livroit à la mélancolie,
     Non loin de là certain vieillard
     S'ennuyoit aussi de sa part.
Il aimoit les jardins, étoit prêtre de Flore,

[*] Bidpaï et Lokman, t. II, p. 180, le Jardinier et l'Ourse.

L'OURS ET L'AMATEUR DES JARDINS.

Il l'étoit de Pomone encore.

Ces deux emplois sont beaux ; mais je voudrois parmi
　　　Quelque doux et discret ami.

Les jardins parlent peu, si ce n'est dans mon livre :
　　　De façon que, lassé de vivre

Avec des gens muets, notre homme, un beau matin,
Va chercher compagnie, et se met en campagne.
　　　L'ours, porté d'un même dessein,
　　　Venoit de quitter sa montagne.
　　　Tous deux, par un cas surprenant,
　　　Se rencontrent en un tournant.

L'homme eut peur : mais comment esquiver ? et que faire ?
Se tirer en Gascon d'une semblable affaire
Est le mieux : il sut donc dissimuler sa peur.
　　　L'ours, très mauvais complimenteur,

Lui dit : Viens-t'en me voir. L'autre reprit : Seigneur,
Vous voyez mon logis ; si vous me vouliez faire
Tant d'honneur que d'y prendre un champêtre repas,
J'ai des fruits, j'ai du lait : ce n'est peut-être pas
De nosseigneurs les ours le manger ordinaire ;
Mais j'offre ce que j'ai. L'ours l'accepte ; et d'aller.
Les voilà bons amis avant que d'arriver :
Arrivés, les voilà se trouvant bien ensemble ;
　　　Et bien qu'on soit, à ce qu'il semble,
　　　Beaucoup mieux seul qu'avec des sots,
Comme l'ours en un jour ne disoit pas deux mots,
L'homme pouvoit sans bruit vaquer à son ouvrage.
L'ours alloit à la chasse, apportoit du gibier ;
　　　Faisoit son principal métier
D'être bon émoucheur ; écartoit du visage

De son ami dormant ce parasite ailé
    Que nous avons mouche appelé.
Un jour que le vieillard dormoit d'un profond somme,
Sur le bout de son nez une allant se placer
Mit l'ours au désespoir ; il eut beau la chasser.
Je t'attraperai bien, dit-il ; et voici comme.
Aussitôt fait que dit : le fidèle émoucheur
Vous empoigne un pavé, le lance avec roideur,
Casse la tête à l'homme en écrasant la mouche ;
Et, non moins bon archer que mauvais raisonneur,
Roide mort étendu sur la place il le couche.

Rien n'est si dangereux qu'un ignorant ami ;
    Mieux vaudroit un sage ennemi.

FABLE XI

Les deux Amis.*

Deux vrais amis vivoient au Monomotapa ;
L'un ne possédoit rien qui n'appartînt à l'autre.
      Les amis de ce pays-là
      Valent bien, dit-on, ceux du nôtre.

Une nuit que chacun s'occupoit au sommeil,
Et mettoit à profit l'absence du soleil,
Un de nos deux amis sort du lit en alarme ;
Il court chez son intime, éveille les valets :
Morphée avoit touché le seuil de ce palais.
L'ami couché s'étonne ; il prend sa bourse, il s'arme,
Vient trouver l'autre, et dit : Il vous arrive peu
De courir quand on dort ; vous me paroissiez homme
A mieux user du temps destiné pour le somme :

  * *Livre des Lumières, ou la conduite des roys,* p. 224 à 226. — Bidpaï et
Lokman, t. II, p. 504, *les deux Amis.*

N'auriez-vous point perdu tout votre argent au jeu ?
En voici. S'il vous est venu quelque querelle,
J'ai mon épée ; allons. Vous ennuyez-vous point
De coucher toujours seul ? une esclave assez belle
Ètoit à mes côtés ; voulez-vous qu'on l'appelle ?
Non ; dit l'ami, ce n'est ni l'un ni l'autre point :
  Je vous rends grâce de ce zèle.
Vous m'êtes, en dormant, un peu triste apparu ;
J'ai craint qu'il ne fût vrai ; je suis vite accouru.
  Ce maudit songe en est la cause.

Qui d'eux aimoit le mieux ? Que t'en semble, lecteur ?
Cette difficulté vaut bien qu'on la propose.
Qu'un ami véritable est une douce chose !
Il cherche vos besoins au fond de votre cœur ;
  Il vous épargne la pudeur
  De les lui découvrir vous-même :
  Un songe, un rien, tout lui fait peur
  Quand il s'agit de ce qu'il aime.

LE COCHON, LA CHÈVRE ET LE MOUTON.

FABLE XII

Le Cochon, la Chèvre, et le Mouton.*

Une chèvre, un mouton, avec un cochon gras,
Montés sur même char, s'en alloient à la foire.
Leur divertissement ne les y portoit pas ;
On s'en alloit les vendre, à ce que dit l'histoire :
     Le charton n'avoit pas dessein
     De les mener voir Tabarin.
     Dom pourceau crioit en chemin
Comme s'il avoit eu cent bouchers à ses trousses :
C'étoit une clameur à rendre les gens sourds.
Les autres animaux, créatures plus douces,
Bonnes gens, s'étonnoient qu'il criât au secours ;
   - Ils ne voyoient nul mal à craindre.
Le charton dit au porc : Qu'as-tu tant à te plaindre ?
Tu nous étourdis tous : que ne te tiens-tu coi !

* Æsop., 131, *Porcellus et Vulpes.* — Aphton., 30, *Fabula Suis, singulos sua scire volens.* — Lokman, *l'Homme et le Porc.*

Ces deux personnes-ci, plus honnêtes que toi,
Devroient t'apprendre à vivre, ou du moins à te taire :
Regarde ce mouton ; a-t-il dit un seul mot ?
     Il est sage. Il est un sot,
Repartit le cochon : s'il savoit son affaire,
Il crieroit, comme moi, du haut de son gosier ;
     Et cette autre personne honnête
     Crieroit tout du haut de sa tête.
Ils pensent qu'on les veut seulement décharger,
La chèvre de son lait, le mouton de sa laine :
     Je ne sais pas s'ils ont raison ;
     Mais quant à moi, qui ne suis bon
     Qu'à manger, ma mort est certaine.
     Adieu mon toit et ma maison.

Dom pourceau raisonnoit en subtil personnage :
Mais que lui servoit-il ? Quand le mal est certain,
La plainte ni la peur ne changent le destin ;
Et le moins prévoyant est toujours le plus sage.

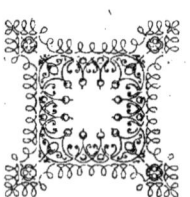

FABLE XIII.

Tircis et Amarante.

POUR MADEMOISELLE DE SILLERY.

J'avois Ésope quitté,
Pour être tout à Boccace ;
Mais une divinité
Veut revoir sur le Parnasse
Des fables de ma façon.
Or, d'aller lui dire, Non,
Sans quelque valable excuse ,
Ce n'est pas comme on en use
Avec des divinités ,
Surtout quand ce sont de celles
Que la qualité de belles
Fait reines des volontés.
Car, afin que l'on le sache,
C'est Sillery qui s'attache

A vouloir que, de nouveau,
Sire loup, sire corbeau,
Chez moi se parlent en rime.
Qui dit Sillery dit tout :
Peu de gens en leur estime
Lui refusent le haut bout :
Comment le pourrait-on faire ?

Pour venir à notre affaire,
Mes contes, à son avis,
Sont obscurs : les beaux esprits
N'entendent pas toute chose.
Faisons donc quelques récits
Qu'elle déchiffre sans glose :
Amenons des bergers, et puis nous rimerons
Ce que disent entre eux les loups et les moutons.

Tircis disoit un jour à la jeune Amarante :
Ah ! si vous connoissiez comme moi certain mal
        Qui nous plaît et qui nous enchante,
Il n'est bien sous le ciel qui vous parût égal !
        Souffrez qu'on vous le communique ;
        Croyez-moi, n'ayez point de peur :
Voudrois-je vous tromper, vous, pour qui je me pique
Des plus doux sentiments que puisse avoir un cœur ?
        Amarante aussitôt réplique :
Comment l'appelez-vous, ce mal ? quel est son nom ? —
L'amour. — Ce mot est beau ! dites-moi quelques marques
A quoi je le pourrai connoître : que sent-on ? —
Des peines près de qui le plaisir des monarques

Est ennuyeux et fade: on s'oublie, on se plaît
    Toute seule en une forêt.
    Se mire-t-on près d'un rivage,
Ce n'est pas soi qu'on voit; on ne voit qu'une image
Qui sans cesse revient, et qui suit en tous lieux:
    Pour tout le reste on est sans yeux.
    Il est un berger du village
Dont l'abord, dont la voix, dont le nom fait rougir:
    On soupire à son souvenir;
On ne sait pas pourquoi, cependant on soupire,
On a peur de le voir, encor qu'on le désire.
    Amarante dit à l'instant:
Oh! oh! c'est là ce mal que vous me prêchez tant!
Il ne m'est pas nouveau; je pense le connoître.
    Tircis à son but croyoit être,
Quand la belle ajouta: Voilà tout justement
    Ce que je sens pour Clidamant.
L'autre pensa mourir de dépit et de honte.

    Il est force gens comme lui,
Qui prétendent n'agir que pour leur propre compte,
    Et qui font le marché d'autrui.

Les Obsèques de la Lionne.*

La femme du lion mourut ;
Aussitôt chacun accourut
Pour s'acquitter envers le prince
De certains compliments de consolation ,
Qui sont surcroît d'affliction.
Il fit avertir sa province
Que les obsèques se feroient
Un tel jour, en tel lieu ; ses prévôts y seroient
Pour régler la cérémonie ,
Et pour placer la compagnie.
Jugez si chacun s'y trouva.
Le prince aux cris s'abandonna ,
Et tout son antre en résonna :
Les lions n'ont point d'autre temple.
On entendit, à son exemple ,
Rugir en leur patois messieurs les courtisans.

* Abstemius, 14, 8, *de Leone irato contra Cervum lœtum morte Leœnæ.*

LES OBSÈQUES DE LA LIONNE.

Je définis la cour un pays où les gens,

Tristes, gais, prêts à tout, à tout indifférents,

Sont ce qu'il plaît au prince, ou, s'ils ne peuvent l'être,

    Tâchent au moins de le paroître.

Peuple caméléon, peuple singe du maître;

On diroit qu'un esprit anime mille corps:

C'est bien là que les gens sont de simples ressorts.

    Pour revenir à notre affaire,

Le cerf ne pleura point. Comment eût-il pu faire?

Cette mort le vengeoit: la reine avoit jadis

    Étranglé sa femme et son fils.

Bref, il ne pleura point. Un flatteur l'alla dire,

    Et soutint qu'il l'avoit vu rire.

La colère du roi, comme dit Salomon,

Est terrible, et surtout celle du roi lion;

Mais ce cerf n'avoit pas accoutumé de lire.

Le monarque lui dit: Chétif hôte des bois,

Tu ris! tu ne suis pas ces gémissantes voix!

Nous n'appliquerons point sur tes membres profanes

    Nos sacrés ongles! Venez, loups,

    Vengez la reine, immolez tous

    Ce traître à ses augustes mânes.

Le cerf reprit alors: Sire, le temps de pleurs

Est passé; la douleur est ici superflue.

Votre digne moitié, couchée entre des fleurs,

    Tout près d'ici m'est apparue;

    Et je l'ai d'abord reconnue.

Ami, m'a-t-elle dit, garde que ce convoi,

Quand je vais chez les dieux, ne t'oblige à des larmes.

II.   5

Aux champs élysiens j'ai goûté mille charmes,
Conversant avec ceux qui sont saints comme moi.
Laisse agir quelque temps le désespoir du roi :
J'y prends plaisir. A peine on eut ouï la chose,
Qu'on se mit à crier : Miracle ! Apothéose !
Le cerf eut un présent, bien loin d'être puni.

Amusez les rois par des songes,
Flattez-les, payez-les d'agréables mensonges :
Quelque indignation dont leur cœur soit rempli,
Ils goberont l'appât ; vous serez leur ami.

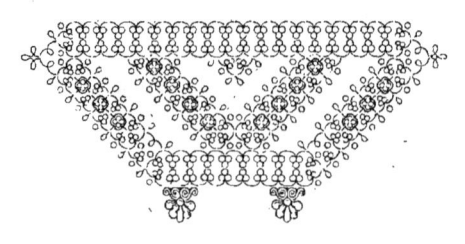

LE RAT ET L'ÉLÉPHANT.

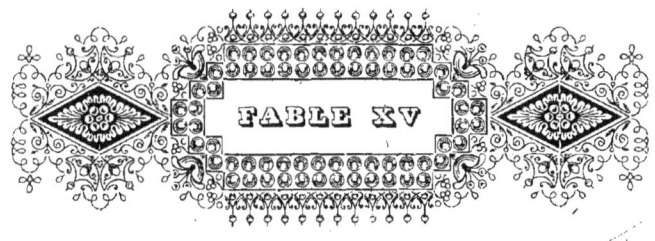

Le Rat et l'Éléphant.*

Se croire un personnage est fort commun en France :
  On y fait l'homme d'importance,
  Et l'on n'est souvent qu'un bourgeois.
  C'est proprement le mal françois.
La sotte vanité nous est particulière.
Les Espagnols sont vains, mais d'une autre manière :
  Leur orgueil me semble, en un mot,
  Beaucoup plus fou, mais pas si sot.
  Donnons quelque image du nôtre,
  Qui sans doute en vaut bien un autre.

Un rat des plus petits voyoit un éléphant
Des plus gros, et railloit le marcher un peu lent
  De la bête de haut parage,
  Qui marchoit à gros équipage.
  Sur l'animal à triple étage
  Une sultane de renom,

* Phædr., 1, 29, *Asinus et Aper*.

     Son chien, son chat, et sa guenon,
Son perroquet, sa vieille, et toute sa maison,
     S'en alloit en pélerinage.
     Le rat s'étonnoit que les gens
Fussent touchés de voir cette pesante masse :
Comme si d'occuper ou plus ou moins de place
Nous rendoit, disoit-il, plus ou moins importants !
Mais qu'admirez-vous tant en lui, vous autres hommes ?
Seroit-ce ce grand corps qui fait peur aux enfants ?
Nous ne nous prisons pas, tout petits que nous sommes,
     D'un grain moins que les éléphants.
     Il en auroit dit davantage ;
     Mais le chat, sortant de sa cage,
     Lui fit voir en moins d'un instant
     Qu'un rat n'est pas un éléphant.

FABLE XVI

L'Horoscope.[*]

On rencontre sa destinée
Souvent par des chemins qu'on prend pour l'éviter.
Un père eut pour toute lignée
Un fils qu'il aima trop, jusques à consulter
Sur le sort de sa géniture
Les diseurs de bonne aventure.
Un de ces gens lui dit que des lions surtout
Il éloignât l'enfant jusques à certain âge ;
Jusqu'à vingt ans, point davantage.
Le père, pour venir à bout
D'une précaution sur qui rouloit la vie
De celui qu'il aimoit, défendit que jamais
On lui laissât passer le seuil de son palais :
Il pouvoit, sans sortir, contenter son envie,
Avec ses compagnons tout le jour badiner,
Sauter, courir, se promener.

[*] Herodot., *Hist.* — Ælien, *Hist. anim.* — Pline, liv. **X**, 5.

Quand il fut en l'âge où la chasse
  Plaît le plus aux jeunes esprits,
  Cet exercice avec mépris
Lui fut dépeint; mais, quoi qu'on fasse,
  Propos, conseil, enseignement,
  Rien ne change un tempérament.
Le jeune homme, inquiet, ardent, plein de courage,
A peine se sentit des bouillons d'un tel âge,
  Qu'il soupira pour ce plaisir.
Plus l'obstacle étoit grand, plus fort fut le désir.
Il savoit le sujet des fatales défenses;
Et comme ce logis, plein de magnificences,
  Abondoit partout en tableaux,
  Et que la laine et les pinceaux
Traçoient de tous côtés chasses et paysages,
  En cet endroit des animaux,
  En cet autre des personnages,
Le jeune homme s'émeut, voyant peint un lion :
Ah, monstre! cria-t-il; c'est toi qui me fais vivre
Dans l'ombre et dans les fers! A ces mots il se livre
Aux transports violents de l'indignation,
  Porte le poing sur l'innocente bête.
Sous la tapisserie un clou se rencontra :
  Ce clou le blesse, il pénétra
Jusqu'aux ressorts de l'ame; et cette chère tête,
Pour qui l'art d'Esculape en vain fit ce qu'il put,
Dut sa perte à ces soins qu'on prit pour son salut.
Même précaution nuisit au poëte Eschyle.
  Quelque devin le menaça, dit-on,
  De la chute d'une maison.

Aussitôt il quitta la ville ,
Mit son lit en plein champ, loin des toits, sous les cieux.
Un aigle, qui portoit en l'air une tortue ,
Passa par-là , vit l'homme, et sur sa tête nue ,
Qui parut un morceau de rocher à ses yeux ,
     Étant de cheveux dépourvue ,
Laissa tomba sa proie, afin de la casser.
Le pauvre Eschyle ainsi sut ses jours avancer.

     De ces exemples il résulte
Que cet art, s'il est vrai, fait tomber dans les maux
     Que craint celui qui le consulte ;
Mais je l'en justifie, et maintiens qu'il est faux.
     Je ne crois point que la Nature
Se soit lié les mains, et nous les lie encor
Jusqu'au point de marquer dans les cieux notre sort :
     Il dépend d'une conjecture
     De lieux, de personnes, de temps ;
Non des conjonctions de tous ces charlatans.
Ce berger et ce roi sont sous même planète :
L'un d'eux porte le sceptre, et l'autre la houlette.
     Jupiter le vouloit ainsi.
Qu'est-ce que Jupiter ? un corps sans connoissance.
     D'où vient donc que son influence
Agit différemment sur ces deux hommes-ci ?
Puis comment pénétrer jusques à notre monde ?
Comment percer des airs la campagne profonde ?
Percer Mars, le Soleil, et des vides sans fin ?
Un atome la peut détourner en chemin :
Où l'iront retrouver les faiseurs d'horoscope ?

L'état où nous voyons l'Europe
Mérite que du moins quelqu'un d'eux l'ait prévu :
Que ne l'a-t-il donc dit? Mais nul d'eux ne l'a su.
L'immense éloignement, le point et sa vitesse,
    Celle aussi de nos passions,
    Permettent-ils à leur foiblesse
De suivre pas à pas toutes nos actions?
Notre sort en dépend : sa course entresuivie
Ne va, non plus que nous, jamais d'un même pas ;
    Et ces gens veulent au compas
    Tracer le cours de notre vie !

    Il ne se faut point arrêter
Aux deux faits ambigus que je viens de conter.
Ce fils par trop chéri, ni le bonhomme Eschyle,
N'y font rien : tout aveugle et menteur qu'est cet art,
Il peut frapper au but une fois entre mille ;
    Ce sont des effets du hasard.

GREVIERE ET HEBERT.

L'ANE ET LE CHIEN.

FABLE XVII

L'Ane et le Chien.*

Il se faut entr'aider : c'est la loi de nature.
      L'âne un jour pourtant s'en moqua :
      Et ne sais comme il y manqua ;
      Car il est bonne créature.
Il alloit par pays, accompagné du chien,
      Gravement, sans songer à rien ;
      Tous deux suivis d'un commun maître.
Ce maître s'endormit. L'âne se mit à paître :
      Il étoit alors dans un pré
      Dont l'herbe étoit fort à son gré.
Point de chardons pourtant ; il s'en passa pour l'heure :
Il ne faut pas toujours être si délicat;
      Et, faute de servir ce plat,
      Rarement un festin demeure.
      Notre baudet s'en sut enfin
Passer pour cette fois. Le chien, mourant de faim,
Lui dit : Cher compagnon, baisse-toi, je te prie :

* Abstemius, 109, de Cane adversus Lupum Asino non opitulante, quia sibi panem non dederat.

II.   6

Je prendrai mon dîné dans le panier au pain.
Point de réponse ; mot : le roussin d'Arcadie
　　Craignit qu'en perdant un moment
　　Il ne perdît un coup de dent.
　　Il fit long-temps la sourde oreille :
Enfin il répondit : Ami, je te conseille
D'attendre que ton maître ait fini son sommeil :
Car il te donnera sans faute, à son réveil,
　　Ta portion accoutumée :
　　Il ne saurait tarder beaucoup.
　　Sur ces entrefaites un loup
Sort du bois, et s'en vient : autre bête affamée.
L'âne appelle aussitôt le chien à son secours.
Le chien ne bouge, et dit : Ami, je te conseille
De fuir, en attendant que ton maître s'éveille ;
Il ne sauroit tarder : détale vite, et cours.
Que si ce loup t'atteint, casse-lui la mâchoire :
On t'a ferré de neuf ; et, si tu me veux croire,
Tu l'étendras tout plat. Pendant ce beau discours,
Seigneur loup étrangla le baudet sans remède.

　　Je conclus qu'il faut qu'on s'entr'aide.

FABLE XVIII.

Le Bassa et le Marchand.

Un marchand grec en certaine contrée
Faisoit trafic. Un bassa l'appuyoit ;
De quoi le Grec en bassa le payoit,
Non en marchand : tant c'est chère denrée
Qu'un protecteur ! Celui-ci coûtoit tant,
Que notre Grec s'alloit partout plaignant.
Trois autres Turcs, d'un rang moindre en puissance,
Lui vont offrir leur support en commun.
Eux trois vouloient moins de reconnoissance
Qu'à ce marchand il n'en coûtoit pour un.
Le Grec écoute ; avec eux il s'engage ;
Et le bassa du tout est averti :
Même on lui dit qu'il jouera, s'il est sage,
A ces gens-là quelque méchant parti,
Les prévenant, les chargeant d'un message
Pour Mahomet, droit en son paradis,
Et sans tarder ; sinon ces gens unis
Le préviendront, bien certains qu'à la ronde

Il a des gens tout prêts pour le venger :
Quelque poison l'enverra protéger
Les trafiquants qui sont en l'autre monde.
Sur cet avis le Turc se comporta
Comme Alexandre ; et, plein de confiance,
Chez le marchand tout droit il s'en alla ,
Se mit à table. On vit tant d'assurance
En ses discours et dans tout son maintien ,
Qu'on ne crut point qu'il se doutât de rien.
Ami , dit-il , je sais que tu me quittes ;
Même l'on veut que j'en craigne les suites :
Mais je te crois un trop homme de bien ;
Tu n'as point l'air d'un donneur de breuvage.
Je n'en dis pas là-dessus davantage.
Quant à ces gens qui pensent t'appuyer ,
Écoute-moi ; sans tant de dialogue
Et de raisons qui pourroient t'ennuyer ,
Je ne te veux conter qu'un apologue.

Il étoit un berger, son chien, et son troupeau.
Quelqu'un lui demanda ce qu'il prétendoit faire
       D'un dogue de qui l'ordinaire
Étoit un pain entier. Il falloit bien et beau
Donner cet animal au seigneur du village.
       Lui , berger, pour plus de ménage ,
       Auroit deux ou trois mâtineaux ,
Qui , lui dépensant moins, veilleroient aux troupeaux
       Bien mieux que cette bête seule.
Il mangeoit plus que trois ; mais on ne disoit pas
       Qu'il avoit aussi triple gueule

Quand les loups livroient des combats.
Le berger s'en défait ; il prend trois chiens de taille
A lui dépenser moins, mais à fuir la bataille.
Le troupeau s'en sentit ; et tu te sentiras
    Du choix de semblable canaille.
  Si tu fais bien, tu reviendras à moi.
Le Grec le crut.

       Ceci montre aux provinces
Que, tout compté, mieux vaut en bonne foi
S'abandonner à quelque puissant roi,
Que s'appuyer de plusieurs petits princes.

L'Avantage de la Science.*

Entre deux bourgeois d'une ville
S'émut jadis un différend :
L'un étoit pauvre, mais habile ;
L'autre, riche, mais ignorant.
Celui-ci sur son concurrent
Vouloit emporter l'avantage ;
Prétendoit que tout homme sage
Étoit tenu de l'honorer.
C'étoit tout homme sot : car pourquoi révérer
Des biens dépourvus de mérite ?
La raison m'en semble petite.
Mon ami, disoit-il souvent
    Au savant,
Vous vous croyez considérable ;
Mais, dites-moi, tenez-vous table ?
Que sert à vos pareils de lire incessamment ?

* Abstemius, 145, de Viro divite illitterato, et Inope docto.

Ils sont toujours logés à la troisième chambre,
Vêtus au mois de juin comme au mois de décembre,
Ayant pour tout laquais leur ombre seulement.
  La république a bien affaire
  De gens qui ne dépensent rien !
  Je ne sais d'homme nécessaire
Que celui dont le luxe épand beaucoup de bien.
Nous en usons, Dieu sait ! notre plaisir occupe
L'artisan, le vendeur, celui qui fait la jupe,
Et celle qui la porte, et vous, qui dédiez
  A messieurs les gens de finance
  De méchants livres bien payés.
  Ces mots remplis d'impertinence
  Eurent le sort qu'ils méritoient.
L'homme lettré se tut, il avoit trop à dire.
La guerre le vengea bien mieux qu'une satire.
Mars détruisit le lieu que nos gens habitoient :
  L'un et l'autre quitta sa ville.
  L'ignorant resta sans asile ;
  Il reçut partout des mépris :
L'autre reçut partout quelque faveur nouvelle.
  Cela décida leur querelle.

Laissez dire les sots : le savoir a son prix.

Jupiter et les Tonnerres.

Jupiter, voyant nos fautes,
Dit un jour, du haut des airs :
Remplissons de nouveaux hôtes
Les cantons de l'univers
Habités par cette race
Qui m'importune et me lasse.
Va-t'en, Mercure, aux enfers :
Amène-moi la Furie
La plus cruelle des trois.
Race que j'ai trop chérie,
Tu périras cette fois !
Jupiter ne tarda guère
A modérer son transport.

O vous, rois, qu'il voulut faire
Arbitres de notre sort,
Laissez, entre la colère
Et l'orage qui la suit,
L'intervalle d'une nuit.

Le dieu dont l'aile est légère,
Et la langue a des douceurs,
Alla voir les noires sœurs.
A Tisiphone et Mégère
Il préféra, ce dit-on,
L'impitoyable Alecton.
Ce choix la rendit si fière,
Qu'elle jura par Pluton
Que toute l'engeance humaine
Seroit bientôt du domaine
Des déités de là-bas.
Jupiter n'approuva pas
Le serment de l'Eumenide.
Il la renvoie ; et pourtant
Il lance un foudre à l'instant
Sur certain peuple perfide.
Le tonnerre, ayant pour guide
Le père même de ceux
Qu'il menaçoit de ses feux,
Se contenta de leur crainte ;
Il n'embrassa que l'enceinte
D'un désert inhabité :
Tout père frappe à côté.
Qu'arriva-t-il ? Notre engeance
Prit pied sur cette indulgence.
Tout l'Olympe s'en plaignit ;
Et l'assembleur de nuages
Jura le Styx, et promit
De former d'autres orages :
Ils seroient sûrs. On sourit ;

7

On lui dit qu'il étoit père,
Et qu'il laissât, pour le mieux,
A quelqu'un des autres dieux
D'autres tonnerres à faire.
Vulcain entreprit l'affaire.
Ce dieu remplit ses fourneaux
De deux sortes de carreaux :
L'un jamais ne se fourvoie ;
Et c'est celui que toujours
L'Olympe en corps nous envoie :
L'autre s'écarte en son cours ;
Ce n'est qu'aux monts qu'il en coûte ;
Bien souvent même il se perd ;
Et ce dernier en sa route
Nous vient du seul Jupiter.

Le Faucon et le Chapon.[*]

Une traîtresse voix bien souvent vous appelle ;
        Ne vous pressez donc nullement :
Ce n'étoit pas un sot, non, non, et croyez-m'en,
        Que le chien de Jean de Nivelle.

Un citoyen du Mans, chapon de son métier,
        Étoit sommé de comparoître
        Par-devant les lares du maître,
Au pied d'un tribunal que nous nommons foyer.
Tous les gens lui crioient, pour déguiser la chose,
Petit, petit, petit ! mais, loin de s'y fier,
Le Normand et demi laissoit les gens crier.
Serviteur, disoit-il ; votre appât est grossier :
        On ne m'y tient pas, et pour cause.
Cependant un faucon sur sa perche voyoit
        Notre Manseau qui s'enfuyoit.

[*] Bidpaï et Lokman, t. II, p. 59, le Faucon et le Coq.

Les chapons ont en nous fort peu de confiance,
  Soit instinct, soit expérience.
Celui-ci, qui ne fut qu'avec peine attrapé,
Devoit, le lendemain être d'un grand soupé,
Fort à l'aise en un plat, honneur dont la volaille
  Se seroit passée aisément.
L'oiseau chasseur lui dit : Ton peu d'entendement
Me rend tout étonné. Vous n'êtes que racaille,
Gens grossiers, sans esprit, à qui l'on n'apprend rien.
Pour moi, je sais chasser, et revenir au maître.
  Le vois-tu pas à la fenêtre?
Il t'attend : est-tu sourd? Je n'entends que trop bien,
Repartit le chapon; mais que me veut-il dire?
Et ce beau cuisinier armé d'un grand couteau?
  Reviendrois-tu pour cet appeau?
  Laisse-moi fuir : cesse de rire
De l'indocilité qui me fait envoler
Lorsque d'un ton si doux on s'en vient m'appeler.
  Si tu voyois mettre à la broche
  Tous les jours autant de faucons
  Que j'y vois mettre de chapons,
Tu ne me ferois pas un semblable reproche.

LE CHAT ET LE RAT.

FABLE XXII

Le Chat et le Rat.[*]

Quatre animaux divers, le chat grippe-fromage,
Triste oiseau le hibou, ronge-maille le rat,
 Dame belette au long corsage,
 Toutes gens d'esprit scélérat,
Hantoient le tronc pourri d'un pin vieux et sauvage.
Tant y furent, qu'un soir à l'entour de ce pin
L'homme tendit ses rets. Le chat, de grand matin,
 Sort pour aller chercher sa proie.
Les derniers traits de l'ombre empêchent qu'il ne voie
Le filet : il y tombe, en danger de mourir ;
Et mon chat de crier ; et le rat d'accourir :
L'un plein de désespoir, et l'autre plein de joie ;
Il voyoit dans les lacs son mortel ennemi.
 Le pauvre chat dit : Cher ami,
 Les marques de ta bienveillance

* Bidpaï et Lokman, t. III, p. 62-91, *Histoire du Rat et du Chat.*

Sont communes en mon endroit; *
Viens m'aider à sortir du piége où l'ignorance
M'a fait tomber. C'est à bon droit
Que seul entre les tiens, par amour singulière,
Je t'ai toujours choyé, t'aimant comme mes yeux.
Je n'en ai point regret, et j'en rends grace aux dieux.
J'allois leur faire ma prière,
Comme tout dévot chat en use les matins;
Ce réseau me retient : ma vie est en tes mains;
Viens dissoudre ces nœuds. Et quelle récompense
En aurai-je? reprit le rat.
Je jure éternelle alliance
Avec toi, repartit le chat.
Dispose de ma griffe, et sois en assurance :
Envers et contre tous je te protégerai;
Et la belette mangerai
Avec l'époux de la chouette :
Ils t'en veulent tous deux. Le rat dit : Idiot !
Moi ton libérateur : je ne suis pas si sot.
Puis il s'en va vers sa retraite.
La belette étoit près du trou.
Le rat grimpe plus haut; il y voit le hibou.
Dangers de toutes parts : le plus pressant l'emporte.
Ronge-maille retourne au chat, et fait en sorte
Qu'il détache un chaînon, puis un autre, et puis tant
Qu'il dégage enfin l'hypocrite.
L'homme paroît en cet instant;
Les nouveaux alliés prennent tous deux la fuite.

* A mon égard.

A quelque temps de là, notre chat vit de loin
Son rat qui se tenoit alerte et sur ses gardes :
Ah ! mon frère, dit-il, viens m'embrasser : ton soin
    Me fait injure ; tu regardes
    Comme ennemi ton allié.
    Penses-tu que j'aie oublié
    Qu'après Dieu je te dois la vie ?
Et moi, reprit le rat, penses-tu que j'oublie
    Ton naturel ? Aucun traité
Peut-il forcer un chat à la reconnaissance ?
    S'assure-t-on sur l'alliance
    Qu'a faite la nécessité ?

FABLE XXIII

Le Torrent et la Rivière.[*]

Avec grand bruit et grand fracas
Un torrent tomboit des montagnes :
Tout fuyoit devant lui : l'horreur suivoit ses pas,
Il faisoit trembler les campagnes.
Nul voyageur n'osoit passer
Une barrière si puissante ;
Un seul vit des voleurs ; et, se sentant presser,
Il mit entre eux et lui cette onde menaçante.
Ce n'étoit que menace et bruit sans profondeur :
Notre homme enfin n'eut que la peur.
Ce succès lui donnant courage,
Et les mêmes voleurs le poursuivant toujours,
Il rencontra sur son passage
Une rivière dont le cours,
Image d'un sommeil doux, paisible, et tranquille,

* Abstemius, 5, *de Rustico amnem transituro.*

LA RIVIÈRE ET LE TORRENT.

Lui fit croire d'abord ce trajet fort facile :
Point de bords escarpés, un sable pur et net.
      Il entre ; et son cheval le met
A couvert des voleurs, mais non de l'onde noire :
      Tous deux au Styx allèrent boire ;
      Tous deux, à nager malheureux,
Allèrent traverser, au séjour ténébreux,
      Bien d'autres fleuves que les nôtres.

      Les gens sans bruit sont dangereux :
      Il n'en est pas ainsi des autres.

FABLE XXIV

L'Éducation.*

Laridon et César, frères dont l'origine
Venoit de chiens fameux, beaux, bien faits, et hardis,
A deux maîtres divers échus aux temps jadis,
Hantoient, l'un les forêts, et l'autre la cuisine.
Ils avoient eu d'abord chacun un autre nom ;
    Mais la diverse nourriture
Fortifiant en l'un cette heureuse nature,
En l'autre l'altérant, un certain marmiton
    Nomma celui-ci Laridon.
Son frère, ayant couru mainte haute aventure,
Mis maint cerf aux abois, maint sanglier abattu,
Fut le premier César que la gent chienne ait eu.
On eut soin d'empêcher qu'une indigne maîtresse
Ne fît en ses enfants dégénérer son sang.

---

* PLUTARQUE, *Comment il faut nourrir les enfants*, et *Apophthegmes lacé-démoniens.*

Laridon négligé témoignoit sa tendresse
    A l'objet le premier passant.
     Il peupla tout de son engeance :
Tourne-broches par lui rendus communs en France
Y font un corps à part, gens fuyant les hasards,
    Peuple antipode des Césars.

On ne suit pas toujours ses aïeux ni son père :
Le peu de soin, le temps, tout fait qu'on dégénère.
Faute de cultiver la nature et ses dons,
Oh ! combien de Césars deviendront Laridons !

FABLE XXV

Les deux Chiens et l'Ane mort.*

Les vertus devroient être sœurs,
        Ainsi que les vices sont frères.
Dès que l'un de ceux-ci s'empare de nos cœurs,
Tous viennent à la file ; il ne s'en manque guères :
        J'entends de ceux qui, n'étant pas contraires,
        Peuvent loger sous même toit.
A l'égard des vertus, rarement on les voit
Toutes en un sujet éminemment placées
Se tenir par la main sans être dispersées.
L'un est vaillant, mais prompt ; l'autre est prudent, mais froid.
Parmi les animaux le chien se pique d'être
        Soigneux, et fidèle à son maître ;
        Mais il est sot, il est gourmand :
Témoin ces deux mâtins qui, dans l'éloignement,
Virent un âne mort qui flottoit sur les ondes.

* Æsop., 289, *Canes famelici.* — Lokman, *les loups.*

LES DEUX CHIENS ET L'ANE MORT.

Le vent de plus en plus l'éloignoit de nos chiens.
Ami, dit l'un, tes yeux sont meilleurs que les miens :
Porte un peu tes regards sur ces plaines profondes ;
J'y crois voir quelque chose. Est-ce un bœuf, un cheval ?
      Eh ! qu'importe quel animal ?
Dit l'un de ces mâtins ; voilà toujours curée.
Le point est de l'avoir : car le trajet est grand ;
Et de plus, il nous faut nager contre le vent.
Buvons toute cette eau ; notre gorge altérée
En viendra bien à bout : ce corps demeurera
      Bientôt à sec ; et ce sera
      Provision pour la semaine.
Voilà mes chiens à boire : ils perdirent l'haleine,
      Et puis la vie ; ils firent tant
      Qu'on les vit crever à l'instant.

L'homme est ainsi bâti : quand un sujet l'enflamme,
L'impossibilité disparoît à son ame.
Combien fait-il de vœux, combien perd-il de pas,
S'outrant pour acquérir des biens ou de la gloire !
      Si j'arrondissois mes états !
Si je pouvais remplir mes coffres de ducats !
Si j'apprenois l'hébreu, les sciences, l'histoire !
      Tout cela c'est la mer à boire ;
      Mais rien à l'homme ne suffit.
Pour fournir aux projets que forme un seul esprit,
Il faudroit quatre corps ; encor, loin d'y suffire,
A mi-chemin je crois que tous demeureroient :
Quatre Mathusalem bout à bout ne pourroient
      Mettre à fin ce qu'un seul desire.

Démocrite et les Abdéritains.*

Que j'ai toujours haï les pensers du vulgaire !
Qu'il me semble profane, injuste et téméraire,
Mettant de faux milieux entre la chose et lui,
Et mesurant par soi ce qu'il voit en autrui !

Le maître d'Épicure en fit l'apprentissage.
Son pays le crut fou. Petits esprits ! Mais quoi !
        Aucun n'est prophète chez soi.
Ces gens étoient les fous ; Démocrite, le sage.
L'erreur alla si loin qu'Abdère députa
        Vers Hippocrate, et l'invita,
        Par lettres et par ambassade,
A venir rétablir la raison du malade.
Notre concitoyen, disoient-ils en pleurant,
Perd l'esprit : la lecture a gâté Démocrite.
Nous l'estimerions plus s'il étoit ignorant.
Aucun nombre, dit-il, les mondes ne limite :

* Lettre d'Hippocrate adressée à Damagète.

Peut-être même ils sont remplis
De Démocrites infinis.
Non content de ce songe, il y joint les atômes,
Enfants d'un cerveau creux, invisibles fantômes;
Et, mesurant les cieux sans bouger d'ici-bas,
Il connoît l'univers, et ne se connoît pas.
Un temps fut qu'il savoit accorder les débats :
          Maintenant il parle à lui-même.
Venez, divin mortel; sa folie est extrême.
Hippocrate n'eut pas trop de foi pour ces gens ;
Cependant il partit. Et voyez, je vous prie,
          Quelles rencontres dans la vie
Le sort cause ! Hippocrate arriva dans le temps
Que celui qu'on disoit n'avoir raison ni sens
          Cherchoit, dans l'homme et dans la bête,
Quel siége a la raison, soit le cœur, soit la tête.
Sous un ombrage épais, assis près d'un ruisseau,
          Les labyrinthes d'un cerveau
L'occupoient. Il avoit à ses pieds maint volume,
Et ne vit presque pas son ami s'avancer,
          Attaché selon sa coutume.
Leur compliment fut court, ainsi qu'on peut penser :
Le sage est ménager du temps et des paroles.
Ayant donc mis à part les entretiens frivoles,
Et beaucoup raisonné sur l'homme et sur l'esprit,
          Ils tombèrent sur la morale.
          Il n'est pas besoin que j'étale
          Tout ce que l'un et l'autre dit.

Le récit précédent suffit

Pour montrer que le peuple est juge récusable.
    En quel sens est donc véritable
    Ce que j'ai lu dans certain lieu,
    Que sa voix est la voix de Dieu?

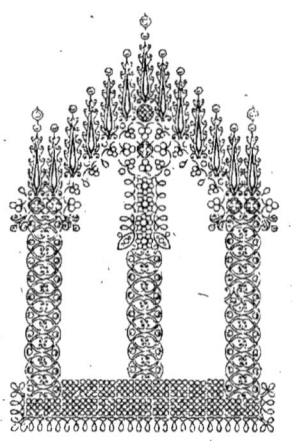

LE LOUP ET LE CHASSEUR.

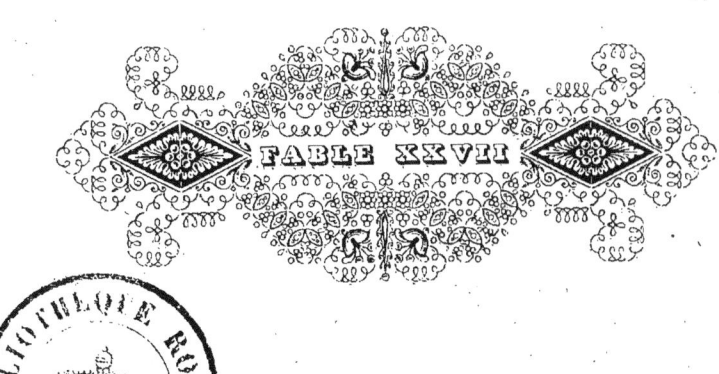

FABLE XXVII

Le Loup et le Chasseur.*

Fureur d'accumuler, monstre de qui les yeux
Regardent comme un point tous les bienfaits des dieux,
Te combattrai-je en vain sans cesse en cet ouvrage!
Quel temps demandes-tu pour suivre mes leçons?
L'homme, sourd à ma voix comme à celle du sage,
Ne dira-t-il jamais : C'est assez, jouissons?
Hâte-toi, mon ami, tu n'as pas tant à vivre.
Je te rebats ce mot, car il vaut tout un livre :
Jouis. — Je le ferai. — Mais quand donc? — Dès demain.—
Eh! mon ami, la mort te peut prendre en chemin :
Jouis dès aujourd'hui ; redoute un sort semblable
A celui du chasseur et du loup de ma fable.

Le premier de son arc avoit mis bas un daim.
Un faon de biche passe, et le voilà soudain

---

* *Livre des Lumières, ou la Conduite des roys*, p. 216. — Bidpaï et Lokman,
le Chasseur et le Loup. — Camerarius, fab. CCLIV, p. 286.

Compagnon du défunt : tous deux gisent sur l'herbe.
La proie étoit honnête, un daim avec un faon ;
Tout modeste chasseur en eût été content :
Cependant un sanglier, monstre énorme et superbe,
Tente encor notre archer, friand de tels morceaux.
Autre habitant du Styx : la Parque et ses ciseaux
Avec peine y mordoient ; la déesse infernale
Reprit à plusieurs fois l'heure au monstre fatale.
De la force du coup pourtant il s'abattit.
C'étoit assez de biens. Mais quoi ! rien ne remplit
Les vastes appétits d'un faiseur de conquêtes.
Dans le temps que le porc revient à soi, l'archer
Voit le long d'un sillon une perdrix marcher ;
  Surcroît chétif aux autres têtes :
De son arc toutefois il bande les ressorts.
Le sanglier, rappelant les restes de sa vie,
Vient à lui, le découd, meurt vengé sur son corps ;
  Et la perdrix le remercie.

Cette part du récit s'adresse aux convoiteux :
L'avare aura pour lui le reste de l'exemple.

Un loup vit en passant ce spectacle piteux :
O Fortune ! dit-il, je te promets un temple.
Quatre corps étendus ! que de biens ! mais pourtant
Il faut les ménager ; ces rencontres sont rares.
  (Ainsi s'excusent les avares.)
J'en aurai, dit le loup, pour un mois, pour autant :
Un, deux, trois, quatre corps ; ce sont quatre semaines,
  Si je sais compter, toutes pleines.

Commençons dans deux jours, et mangeons cependant
La corde de cet arc : il faut que l'on l'ait faite
De vrai boyau ; l'odeur me le témoigne assez.
     En disant ces mots, il se jette
Sur l'arc qui se détend, et fait de la sagette *
Un nouveau mort : mon loup a les boyaux percés.

Je reviens à mon texte. Il faut que l'on jouisse ;
Témoin ces deux gloutons punis d'un sort commun :
     La convoitise perdit l'un ;
     L'autre périt par l'avarice.

* *Sagette* pour *flèche*, vieux mot, du latin *sagitta*.

FIN DU LIVRE HUITIÈME.

FABLE PREMIÈRE.

Le Dépositaire infidèle.*

RACE aux Filles de mémoire,
J'ai chanté des animaux ;
Peut-être d'autres héros
M'auroient acquis moins de gloire.
Le loup, en langue des dieux,
Parle au chien dans mes ouvrages :
Les bêtes, à qui mieux mieux,
Y font divers personnages,

* *Livre des Lumières, ou la Conduite des roys. — Contes indiens et Fables indiennes de Bidpaï et de Lokman, les deux Marchands.*

Les uns fous, les autres sages ;
De telle sorte pourtant
Que les fous vont l'emportant :
La mesure en est plus pleine.
Je mets aussi sur la scène
Des trompeurs, des scélérats,
Des tyrans et des ingrats,
Mainte imprudente pécore,
Force sots, force flatteurs ;
Je pourrois y joindre encore
Des légions de menteurs :
Tout homme ment, dit le sage.
S'il n'y mettoit seulement
Que les gens du bas étage,
On pourroit aucunement
Souffrir ce défaut aux hommes ;
Mais que tous, tant que nous sommes,
Nous mentions, grand et petit,
Si quelque autre l'avoit dit,
Je soutiendrois le contraire.
Et même qui mentiroit
Comme Ésope et comme Homère,
Un vrai menteur ne seroit :
Le doux charme de maint songe
Par leur bel art inventé,
Sous les habits du mensonge
Nous offre la vérité.
L'un et l'autre a fait un livre
Que je tiens digne de vivre
Sans fin, et plus, s'il se peut.

Comme eux ne ment pas qui veut.
Mais mentir comme sut faire
Un certain dépositaire,
Payé par son propre mot,
Est d'un méchant et d'un sot.
Voici le fait :

Un trafiquant de Perse,
Chez son voisin, s'en allant en commerce,
Mit en dépôt un cent de fer un jour.
Mon fer? dit-il, quand il fut de retour. —
Votre fer ! il n'est plus : j'ai regret de vous dire
Qu'un rat l'a mangé tout entier.
J'en ai grondé mes gens ; mais qu'y faire ? un grenier
A toujours quelque trou. Le trafiquant admire
Un tel prodige, et feint de le croire pourtant.
Au bout de quelques jours il détourne l'enfant
Du perfide voisin ; puis à souper convie
Le père, qui s'excuse, et lui dit en pleurant :
Dispensez-moi, je vous supplie ;
Tous plaisirs pour moi sont perdus.
J'aimois un fils plus que ma vie :
Je n'ai que lui ; que dis-je ? hélas ! je ne l'ai plus !
On me l'a dérobé : plaignez mon infortune.
Le marchand repartit : Hier au soir, sur la brune,
Un chat-huant s'en vint votre fils enlever ;
Vers un vieux bâtiment je le lui vis porter.
Le père dit : Comment voulez-vous que je croie
Qu'un hibou pût jamais emporter cette proie ?
Mon fils en un besoin eût pris le chat-huant.

Je ne vous dirai point, reprit l'autre, comment :
Mais enfin je l'ai vu, vu de mes yeux, vous dis-je ;
  Et ne vois rien qui vous oblige
D'en douter un moment, après ce que je dis.
   Faut-il que vous trouviez étrange
   Que les chats-huants d'un pays
Où le quintal de fer par un seul rat se mange,
Enlèvent un garçon pesant un demi-cent ?
L'autre vit où tendoit cette feinte aventure :
   Il rendit le fer au marchand,
   Qui lui rendit sa géniture.

Même dispute avint entre deux voyageurs.
   L'un d'eux étoit de ces conteurs
Qui n'ont jamais rien vu qu'avec un microscope ;
Tout est géant chez eux : écoutez-les, l'Europe,
Comme l'Afrique, aura des monstres à foison.
Celui-ci se croyoit l'hyperbole permise :
J'ai vu, dit-il, un chou plus grand qu'une maison.
Et moi, dit l'autre, un pot aussi grand qu'une église.
Le premier se moquant, l'autre reprit : Tout doux ;
   On le fit pour cuire vos choux.

L'homme au pot fut plaisant ; l'homme au fer fut habile.
Quand l'absurde est outré, l'on lui fait trop d'honneur
De vouloir par raison combattre son erreur :
Enchérir est plus court, sans s'échauffer la bile.

LES DEUX PIGEONS.

Les deux Pigeons.[*]

Deux pigeons s'aimoient d'amour tendre :
L'un d'eux, s'ennuyant au logis,
Fut assez fou pour entreprendre
Un voyage en lointain pays.
L'autre lui dit : Qu'allez-vous faire ?
Voulez-vous quitter votre frère ?
L'absence est le plus grand des maux :
Non pas pour vous, cruel ! Au moins que les travaux,
Les dangers, les soins du voyage,
Changent un peu votre courage.
Encor, si la saison s'avançoit davantage !
Attendez les zéphyrs : qui vous presse ? un corbeau
Tout-à-l'heure annonçoit malheur à quelque oiseau.
Je ne songerai plus que rencontre funeste,
Que faucons, que réseaux. Hélas ! dirai-je, il pleut :

---

[*] *Livre des lumières, ou la Conduite des roys; le Pigeon voyageur.* —
Contes de Bidpaï et de Lokman; les deux Pigeons.

Mon frère a-t-il tout ce qu'il veut,
Bon soupé, bon gîte, et le reste ?
Ce discours ébranla le cœur
De notre imprudent voyageur.
Mais le desir de voir et l'humeur inquiète
L'emportèrent enfin. Il dit : Ne pleurez point.
Trois jours au plus rendront mon ame satisfaite :
Je reviendrai dans peu conter de point en point
     Mes aventures à mon frère ;
Je le désennuierai. Quiconque ne voit guère
N'a guère à dire aussi. Mon voyage dépeint
     Vous sera d'un plaisir extrême.
Je dirai : J'étois là ; telle chose m'avint :
     Vous y croirez être vous-même.
A ces mots, en pleurant, ils se dirent adieu.
Le voyageur s'éloigne : et voilà qu'un nuage
L'oblige de chercher retraite en quelque lieu.
Un seul arbre s'offrit, tel encor que l'orage
Maltraita le pigeon en dépit du feuillage.
L'air devenu serein, il part tout morfondu,
Sèche du mieux qu'il peut son corps chargé de pluie ;
Dans un champ à l'écart voit du blé répandu,
Voit un pigeon auprès : cela lui donne envie :
Il y vole, il est pris : ce blé couvroit d'un las
     Les menteurs et traîtres appas.
Le las étoit usé ; si bien que, de son aile,
De ses pieds, de son bec, l'oiseau le rompt enfin :
Quelque plume y périt ; et le pis du destin
Fut qu'un certain vautour, à la serre cruelle,
Vit notre malheureux, qui, traînant la ficelle

Et les morceaux du las qui l'avoit attrapé,
       Sembloit un forçat échappé.
Le vautour s'en alloit le lier, * quand des nues
Fond à son tour un aigle aux ailes étendues.
Le pigeon profita du conflit des voleurs,
S'envola, s'abattit auprès d'une masure,
       Crut pour ce coup que ses malheurs
       Finiroient par cette aventure;
Mais un fripon d'enfant (cet âge est sans pitié)
Prit sa fronde, et du coup tua plus d'à moitié
       La volatile malheureuse,
    Qui, maudissant sa curiosité,
       Traînant l'aile, et tirant le pied,
       Demi-morte et demi-boiteuse,
       Droit au logis s'en retourna :.
       Que bien, que mal, elle arriva
       Sans autre aventure fâcheuse.
Voilà nos gens rejoints, et je laisse à juger
De combien de plaisirs ils payèrent leurs peines.

Amants, heureux amants, voulez-vous voyager?
       Que ce soit aux rives prochaines.
Soyez-vous l'un à l'autre un monde toujours beau,
       Toujours divers, toujours nouveau;
Tenez-vous lieu de tout, comptez pour rien le reste.
J'ai quelquefois aimé : je n'aurois pas alors,
       Contre le Louvre et ses trésors,
Contre le firmament et sa voûte céleste,

----

* Le saisir dans ses serres ; terme de fauconnerie.

Changé les bois, changé les lieux
Honorés par les pas, éclairés par les yeux
De l'aimable et jeune bergère
Pour qui, sous le fils de Cythère,
Je servis, engagé par mes premiers serments.
Hélas ! quand reviendront de semblables moments !
Faut-il que tant d'objets si doux et si charmants
Me laissent vivre au gré de mon ame inquiète !
Ah ! si mon cœur osoit encor se renflammer !
Ne sentirai-je plus de charme qui m'arrête ?
Ai-je passé le temps d'aimer !

LE SINGE ET LE LÉOPARD.

FABLE III

Le Singe et le Léopard.[*]

Le singe avec le léopard
        Gagnoient de l'argent à la foire.
        Ils affichoient chacun à part.
L'un d'eux disoit : Messieurs, mon mérite et ma gloire
Sont connus en bon lieu. Le roi m'a voulu voir ;
        Et si je meurs, il veut avoir
Un manchon de ma peau, tant elle est bigarrée,
        Pleine de taches, marquetée,
        Et vergetée, et mouchetée.
La bigarrure plaît : partant chacun le vit.
Mais ce fut bientôt fait, bientôt chacun sortit.
Le singe de sa part disoit : Venez, de grace ;
Venez, messieurs : je fais cent tours de passe-passe.
Cette diversité dont on vous parle tant,
Mon voisin léopard l'a sur soi seulement :
Moi, je l'ai dans l'esprit. Votre serviteur Gille,
        Cousin et gendre de Bertrand,
        Singe du pape en son vivant,

[*] Æsop., *Vulpes et Pardus.*

Tout fraîchement en cette ville
Arrive en trois bateaux, exprès pour vous parler;
Car il parle, on l'entend : il sait danser, baller,
Faire des tours de toute sorte,
Passer en des cerceaux ; et le tout pour six blancs :
Non, messieurs, pour un sou : si vous n'êtes contents,
Nous rendrons à chacun son argent à la porte.
Le singe avoit raison. Ce n'est pas sur l'habit
Que la diversité me plaît; c'est dans l'esprit :
L'une fournit toujours des choses agréables;
L'autre, en moins d'un moment, lasse les regardants.
Oh ! que de grands seigneurs, au léopard semblables,
N'ont que l'habit pour tous talents !

LE GLAND ET LA CITROUILLE.

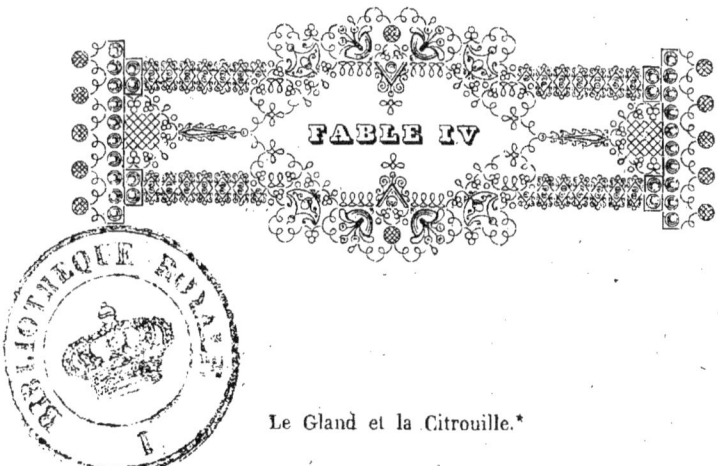

FABLE IV

Le Gland et la Citrouille.*

Dieu fait bien ce qu'il fait. Sans en chercher la preuve
En tout cet univers, et l'aller parcourant,
    Dans les citrouilles je la treuve.

    Un villageois, considérant
Combien ce fruit est gros et sa tige menue :
A quoi songeoit, dit-il, l'auteur de tout cela ?
Il a bien mal placé cette citrouille-là !
    Eh parbleu ! je l'aurois pendue
    A l'un des chênes que voilà ;
    C'eût été justement l'affaire :
    Tel fruit, tel arbre, pour bien faire.
C'est dommage, Garo, que tu n'es point entré
Au conseil de celui que prêche ton curé ;
Tout en eût été mieux : car pourquoi, par exemple,

---

* Tabarin, *Œuvres et fantaisies.* — Bruno Solano, *Boniface et le Pédant,*
act. V, sc. xx.

Le gland, qui n'est pas gros comme mon petit doigt
  Ne pend-il pas en cet endroit?
  Dieu s'est mépris : plus je contemple
Ces fruits ainsi placés, plus il semble à Garo
  Que l'on a fait un quiproquo.
Cette réflexion embarrassant notre homme :
On ne dort point, dit-il, quand on a tant d'esprit.
Sous un chêne aussitôt il va prendre son somme.
Un gland tombe : le nez du dormeur en pâtit.
Il s'éveille ; et, portant la main sur son visage,
Il trouve encor le gland pris au poil du menton.
Son nez meurtri le force à changer de langage.
Oh! oh! dit-il, je saigne! Et que seroit-ce donc
S'il fût tombé de l'arbre une masse plus lourde,
  Et que ce gland eût été gourde?
Dieu ne l'a pas voulu : sans doute il eut raison ;
  J'en vois bien à présent la cause.
  En louant Dieu de toute chose,
  Garo retourne à la maison.

L'ÉCOLIER, LE PÉDANT
ET LE MAITRE D'UN JARDIN.

L'Écolier, le Pédant, et le Maître d'un Jardin.

Certain enfant qui sentoit son collége,
Doublement sot et doublement fripon
Par le jeune âge et par le privilége
Qu'ont les pédants de gâter la raison,
Chez un voisin déroboit, ce dit-on,
Et fleurs et fruits. Ce voisin, en automne,
Des plus beaux dons que nous offre Pomone
Avoit la fleur, les autres le rebut.
Chaque saison apportoit son tribut ;
Car au printemps il jouissoit encore
Des plus beaux dons que nous présente Flore.
Un jour dans son jardin il vit notre écolier,
Qui, grimpant sans égard sur un arbre fruitier,
Gâtoit jusqu'aux boutons, douce et frêle espérance,
Avant-coureurs des biens que promet l'abondance :
Même il ébranchoit l'arbre ; et fit tant à la fin
     Que le possesseur du jardin
Envoya faire plainte au maître de la classe.
Celui-ci vint, suivi d'un cortége d'enfants :

Voilà le verger plein de gens
Pires que le premier. Le pédant, de sa grace,
    Accrut le mal en amenant
    Cette jeunesse mal instruite :
Le tout, à ce qu'il dit, pour faire un châtiment
Qui pût servir d'exemple, et dont toute sa suite
Se souvînt à jamais comme d'une leçon.
Là–dessus il cita Virgile et Cicéron,
    Avec force traits de science.
Son discours dura tant, que la maudite engeance
Eut le temps de gâter en cent lieux le jardin.

    Je hais les pièces d'éloquence
  Hors de leur place, et qui n'ont point de fin ;
    Et ne sais bête au monde pire
  Que l'écolier, si ce n'est le pédant.
Le meilleur de ces deux pour voisin, à vrai dire,
    Ne me plairoit aucunement.

FABLE VI

Le Statuaire et la Statue de Jupiter.

Un bloc de marbre étoit si beau
Qu'un statuaire en fit l'emplette.
Qu'en fera, dit–il, mon ciseau?
Sera–t–il dieu, table, ou cuvette?

Il sera dieu : même je veux
Qu'il ait en sa main un tonnerre.
Tremblez, humains ! faites des vœux :
Voilà le maître de la terre.

L'artisan exprima si bien
Le caractère de l'idole,
Qu'on trouva qu'il ne manquoit rien
A Jupiter que la parole :

Même l'on dit que l'ouvrier
Eut à peine achevé l'image,

Qu'on le vit frémir le premier,
Et redouter son propre ouvrage.

A la foiblesse du sculpteur
Le poëte autrefois n'en dut guère,
Des dieux dont il fut l'inventeur
Craignant la haine et la colère.

Il étoit enfant en ceci ;
Les enfants n'ont l'ame occupée
Que du continuel souci
Qu'on ne fâche point leur poupée.

Le cœur suit aisément l'esprit ;
De cette source est descendue
L'erreur païenne, qui se vit
Chez tant de peuples répandue.

Ils embrassoient violemment
Les intérêts de leur chimère :
Pygmalion devint amant
De la Vénus dont il fut père.

Chacun tourne en réalités,
Autant qu'il peut, ses propres songes :
L'homme est de glace aux vérités ;
Il est de feu pour les mensonges.

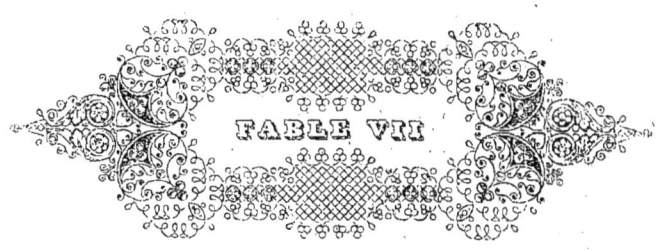

FABLE VII

La Souris métamorphosée en Fille.[*]

Une souris tomba du bec d'un chat-huant :
 Je ne l'eusse pas ramassée ;
Mais un bramin le fit : je le crois aisément ;
 Chaque pays a sa pensée.
 La souris étoit fort froissée.
 De cette sorte de prochain
Nous nous soucions peu ; mais le peuple bramin
 Le traite en frère. Ils ont en tête
 Que notre ame, au sortir d'un roi,
Entre dans un ciron, où dans telle autre bête
Qu'il plaît au Sort : c'est là l'un des points de leur loi.
Pythagore chez eux a puisé ce mystère.
Sur un tel fondement, le bramin crut bien faire
De prier un sorcier qu'il logeât la souris
Dans un corps qu'elle eût eu pour hôte au temps jadis.
 Le sorcier en fit une fille

---

[*] *Livre des lumières, ou la conduite des roys.* — *Contes de Bidpaï et de Lokman ; la Souris changée en Fille.* Voir aussi la fab. xviii du liv. II.

De l'âge de quinze ans, et telle et si gentille,
Que le fils de Priam pour elle auroit tenté
Plus encor qu'il ne fit pour la grecque beauté.
Le bramin fut surpris de chose si nouvelle.
    Il dit à cet objet si doux :
Vous n'avez qu'à choisir ; car chacun est jaloux
    De l'honneur d'être votre époux.
    En ce cas je donne, dit-elle,
    Ma voix au plus puissant de tous.
Soleil, s'écrie alors le bramin à genoux,
    C'est toi qui seras notre gendre.
    Non, dit-il, ce nuage épais
Est plus puissant que moi, puisqu'il cache mes traits :
    Je vous conseille de le prendre.
Hé bien ! dit le bramin au nuage volant,
Es-tu né pour ma fille ? — Hélas ! non ; car le vent
Me chasse à son plaisir de contrée en contrée :
Je n'entreprendrai point sur les droits de Borée.
    Le bramin fâché s'écria :
    O vent donc, puisque vent y a,
    Viens dans les bras de notre belle !
Il accouroit, un mont en chemin l'arrêta.
    L'éteuf* passant à celui-là,
Il le renvoie, et dit : J'aurois une querelle
    Avec le rat ; et l'offenser
Ce seroit être fou, lui qui peut me percer.
    Au mot de rat, la demoiselle
    Ouvrit l'oreille : il fut l'époux.

---

* La balle ; terme du jeu de longue paume.

Un rat! un rat: c'est de ces coups
Qu'Amour fait; témoin telle et telle.
Mais ceci soit dit entre nous.

On tient toujours du lieu dont on vient. Cette fable
Prouve assez bien ce point; mais, à la voir de près,
Quelque peu de sophisme entre parmi ses traits:
Car quel époux n'est point au Soleil préférable
En s'y prenant ainsi? Dirai-je qu'un géant
Est moins fort qu'une puce? Elle le mord pourtant.
Le rat devoit aussi renvoyer, pour bien faire,
          La belle au chat, le chat au chien,
          Le chien au loup. Par le moyen
          De cet argument circulaire,
Pilpay jusqu'au Soleil eût enfin remonté;
Le Soleil eût joui de la jeune beauté.
Revenons, s'il se peut, à la métempsychose:
Le sorcier du bramin fit sans doute une chose
Qui, loin de la prouver, fait voir sa fausseté.
Je prends droit là-dessus contre le bramin même;
          Car il faut, selon son système,
Que l'homme, la souris, le ver, enfin chacun
Aille puiser son ame en un trésor commun:
          Toutes sont donc de même trempe;
          Mais, agissant diversement
          Selon l'organe seulement,
          L'une s'élève, et l'autre rampe.
D'où vient donc que ce corps si bien organisé
          Ne put obliger son hôtesse
De s'unir au Soleil? Un rat eut sa tendresse.

Tout débattu, tout bien pesé,
Les ames des souris et les ames des belles
Sont très différentes entre elles.
Il en faut revenir toujours à son destin,
C'est-à-dire à la loi par le ciel établie :
Parlez au diable, employez la magie,
Vous ne détournerez nul être de sa fin.

Le Fou qui vend la Sagesse.*

Jamais auprès des fous ne te mets à portée :
Je ne te puis donner un plus sage conseil.
    Il n'est enseignement pareil
A celui-là de fuir une tête éventée.
    On en voit souvent dans les cours :
Le prince y prend plaisir ; car ils donnent toujours
Quelque trait aux fripons, aux sots, aux ridicules.

Un fol alloit criant par tous les carrefours
Qu'il vendoit la sagesse ; et les mortels crédules
De courir à l'achat ; chacun fut diligent.
    On essuyoit force grimaces ;
    Puis on avoit pour son argent,
Avec un bon soufflet, un fil long de deux brasses.
La plupart s'en fâchoient ; mais que leur servoit-il ?
C'étoient les plus moqués : le mieux étoit de rire ,

* Abstemius , 184 , *de Insano sapientiam vendente.*

Ou de s'en aller, sans rien dire,
Avec son soufflet et son fil.`
De chercher du sens à la chose,
On se fût fait siffler ainsi qu'un ignorant.
La raison est-elle garant
De ce que fait un fou? le hasard est la cause
De tout ce qui se passe en un cerveau blessé.
Du fil et du soufflet pourtant embarrassé,
Un des dupes un jour alla trouver un sage,
Qui, sans hésiter davantage,
Lui dit : Ce sont ici hiéroglyphes tout purs.
Les gens bien conseillés, et qui voudront bien faire,
Entre eux et les gens fous mettront, pour l'ordinaire,
La longueur de ce fil; sinon je les tiens sûrs
De quelque semblable caresse.
Vous n'êtes point trompé; ce fou vend la sagesse.

L'HUITRE ET LES PLAIDEURS.

FABLE IX

L'Huître et les Plaideurs.

Un jour deux pélerins sur le sable rencontrent
Une huître, que le flot y venoit d'apporter :
Ils l'avalent des yeux, du doigt ils se la montrent ;
A l'égard de la dent il fallut contester.
L'un se baissoit déjà pour amasser la proie :
L'autre le pousse, et dit : Il est bon de savoir
   Qui de nous en aura la joie.
Celui qui le premier a pu l'apercevoir
En sera le gobeur ; l'autre le verra faire.
   Si par-là l'on juge l'affaire,
Reprit son compagnon, j'ai l'œil bon, Dieu merci.
   Je ne l'ai pas mauvais aussi,
Dit l'autre ; et je l'ai vue avant vous, sur ma vie.
Hé bien ! vous l'avez vue ; et moi je l'ai sentie.
   Pendant tout ce bel incident,
Perrin Dandin arrive : ils le prennent pour juge.
Perrin fort gravement ouvre l'huître, et la gruge,
   Nos deux messieurs le regardant.
Ce repas fait, il dit d'un ton de président :

Tenez, la cour vous donne à chacun une écaille
Sans dépens ; et qu'en paix chacun chez soi s'en aille.

Mettez ce qu'il en coûte à plaider aujourd'hui ;
Comptez ce qu'il en reste à beaucoup de familles :
Vous verrez que Perrin tire l'argent à lui,
Et ne laisse aux plaideurs que le sac et les quilles.

LE LOUP ET LE CHIEN MAIGRE.

FABLE X

Le Loup et le Chien maigre.*

Autrefois Carpillon fretin
 Eut beau prêcher, il eut beau dire,
 On le mit dans la poêle à frire.
Je fis voir que lâcher ce qu'on a dans la main,
 Sous espoir de grosse aventure,
 Est imprudence toute pure.
Le pêcheur eut raison ; Carpillon n'eut pas tort :
Chacun dit ce qu'il peut pour défendre sa vie.
 Maintenant il faut que j'appuie
Ce que j'avançai lors de quelque trait encor.
Certain loup, aussi sot que le pêcheur fut sage,
 Trouvant un chien hors du village,
S'en alloit l'emporter. Le chien représenta
Sa maigreur : Jà ne plaise à votre seigneurie
 De me prendre en cet état-là ;
 Attendez : mon maître marie

---

* Æsop., 86, 35, *Canis et Lupus.*

Sa fille unique, et vous jugez
Qu'étant de noce il faut, malgré moi, que j'engraisse.
Le loup le croit, le loup le laisse.
Le loup, quelques jours écoulés,
Revient voir si son chien n'est pas meilleur à prendre ;
Mais le drôle étoit au logis.
Il dit au loup par un treillis :
Ami, je vais sortir ; et, si tu veux attendre,
Le portier du logis et moi
Nous serons tout-à-l'heure à toi.
Ce portier du logis étoit un chien énorme,
Expédiant les loups en forme.
Celui-ci s'en douta. Serviteur au portier,
Dit-il ; et de courir. Il étoit fort agile ;
Mais il n'étoit pas fort habile :
Ce loup ne savoit pas encor bien son métier.

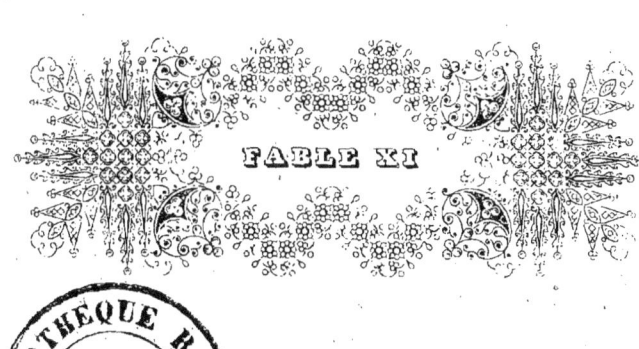

FABLE XI

Rien de trop.[*]

Je ne vois point de créature
    Se comporter modérément.
    Il est certain tempérament
    Que le maître de la nature
Veut que l'on garde en tout. Le fait-on? nullement;
Soit en bien, soit en mal, cela n'arrive guère.
Le blé, riche présent de la blonde Cérès,
Trop touffu bien souvent épuise les guérets :
En superfluité s'épendant d'ordinaire,
    Et poussant trop abondamment,
    Il ôte à son fruit l'aliment.
L'arbre n'en fait pas moins : tant le luxe sait plaire !
Pour corriger le blé, Dieu permit aux moutons
De retrancher l'excès des prodigues moissons :
    Tout au travers ils se jetèrent,
    Gatèrent tout et tout broutèrent ;

[*] Abstemius. 1°6, *de Ovibus immoderate segetem depascentibus.*

11   13

Tant que le ciel permit aux loups
D'en croquer quelques uns : ils les croquèrent tous ;
S'ils ne le firent pas, du moins ils y tâchèrent.
    Puis le ciel permit aux humains
De punir ces derniers : les humains abusèrent
    A leur tour des ordres divins.
De tous les animaux, l'homme a le plus de pente
    A se porter dedans l'excès.
    Il faudroit faire le procès
Aux petits comme aux grands. Il n'est ame vivante
Qui ne pèche en ceci. Rien de trop est un point
Dont on parle sans cesse, et qu'on n'observe point.

FABLE XII

Le Cierge.*

C'est du séjour des dieux que les abeilles viennent.
Les premières, dit-on, s'en allèrent loger
        Au mont Hymette,** et se gorger
Des trésors qu'en ce lieu les zéphyrs entretiennent.
Quand on eut des palais de ces filles du ciel
Enlevé l'ambroisie en leurs chambres enclose,
        Ou, pour dire en françois la chose,
        Après que les ruches sans miel
N'eurent plus que la cire, on fit mainte bougie ;
        Maint cierge aussi fut façonné.
Un d'eux voyant la terre en brique au feu durcie
Vaincre l'effort des ans, il eut la même envie ;
Et, nouvel Empédocle* aux flammes condamné

---

* Abstemius, 54, *de Cera duritiam appetente.*
** Hymette étoit une montagne célébrée par les poëtes, située dans l'Attique, et où les Grecs recueilloient d'excellent miel. (*Note de La Fontaine.*)
*** Empédocle étoit un philosophe ancien, qui, ne pouvant comprendre les merveilles du mont Etna, se jeta dedans par une vanité ridicule ; et, trouvant l'action belle, de peur d'en perdre le fruit, et que la postérité ne l'ignorât, laissa ses pantoufles au pied du mont. (*Note de La Fontaine*)

Par sa propre et pure folie ,
Il se lança dedans. Ce fut mal raisonné :
Ce cierge ne savoit grain de philosophie.

Tout en tout est divers : ôtez-vous de l'esprit
Qu'aucun être ait été composé sur le vôtre.
L'Empédocle de cire au brasier se fondit :
    Il n'étoit pas plus fou que l'autre.

Jupiter et le Passager.[*]

Oh! combien le péril enrichiroit les dieux,
Si nous nous souvenions des vœux qu'il nous fait faire!
Mais, le péril passé, l'on ne se souvient guère
     De ce qu'on a promis aux cieux ;
On compte seulement ce qu'on doit à la terre.
Jupiter, dit l'impie, est un bon créancier ;
     Il ne se sert jamais d'huissier.
     Eh ! qu'est-ce donc que le tonnerre ?
Comment appelez-vous ces avertissements ?

     Un passager pendant l'orage
Avoit voué cent bœufs au vainqueur des Titans.
Il n'en avoit pas un : vouer cent éléphants
     N'auroit pas coûté davantage.
Il brûla quelques os quand il fut au rivage :

---

[*] Æsop, 156, *Viator et Mercurius.*

Au nez de Jupiter la fumée en monta.

Sire Jupin, dit-il, prends mon vœu; le voilà :

C'est un parfum de bœuf que ta grandeur respire.

La fumée est ta part : je ne te dois plus rien.

      Jupiter fit semblant de rire :

Mais, après quelques jours, le dieu l'attrapa bien,

      Envoyant un songe lui dire

Qu'un tel trésor étoit en tel lieu. L'homme au vœu

      Courut au trésor comme au feu.

Il trouva des voleurs; et, n'ayant dans sa bourse

      Qu'un écu pour toute ressource,

      Il leur promit cent talents d'or,

      Bien comptés, et d'un tel trésor :

On l'avoit enterré dedans telle bourgade.

L'endroit parut suspect aux voleurs; de façon

Qu'à notre prometteur l'un dit : Mon camarade,

Tu te moques de nous; meurs, et va chez Pluton

      Porter tes cent talents en don.

LE CHAT ET LE RENARD.

FABLE XIV

Le Chat et le Renard.*

Le chat et le renard, comme beaux petits saints,
    S'en alloient en pélerinage.
C'étoient deux vrais tartufs, deux archipatelins,
Deux francs patte-pelus, qui, des frais du voyage,
Croquant mainte volaille, escroquant maint fromage,
    S'indemnisoient à qui mieux mieux.
Le chemin étant long, et partant ennuyeux,
    Pour l'accourcir ils disputèrent.
    La dispute est d'un grand secours :
    Sans elle on dormiroit toujours.
    Nos pélerins s'égosillèrent.
Ayant bien disputé, l'on parla du prochain.
    Le renard au chat dit enfin :
    Tu prétends être fort habile ;
En sais-tu tant que moi ? J'ai cent ruses au sac.
Non, dit l'autre : je n'ai qu'un tour dans mon bissac ;
    Mais je soutiens qu'il en vaut mille.

* Regnerii, *Apologi Phædrii; Catus agrestis et Vulpes*

Eux de recommencer la dispute à l'envi.
Sur le que si, que non, tous deux étant ainsi,
    Une meute appaisa la noise.
Le chat dit au renard : Fouille en ton sac, ami;
    Cherche en ta cervelle matoise
Un statagème sûr : pour moi, voici le mien.
A ces mots, sur un arbre il grimpa bel et bien.
    L'autre fit cent tours inutiles,
Entra dans cent terriers, mit cent fois en défaut
    Tous les confrères de Brifaut.
    Partout il tenta des asiles,
    Et ce fut partout sans succès;
La fumée y pourvut, ainsi que les bassets.
Au sortir d'un terrier deux chiens aux pieds agiles
    L'étranglèrent du premier bond.

Le trop d'expédients peut gâter une affaire :
On perd du temps au choix, on tente, on veut tout faire.
    N'en ayons qu'un; mais qu'il soit bon.

FABLE XV

Le Mari, la Femme, et le Voleur.*

Un mari fort amoureux,
Fort amoureux de sa femme ;
Bien qu'il fût jouissant, se croyoit malheureux.
Jamais œillade de la dame,
Propos flatteur et gracieux,
Mot d'amitié, ni doux sourire,
Déifiant le pauvre sire,
N'avoient fait soupçonner qu'il fût vraiment chéri.
Je le crois ; c'étoit un mari.
Il ne tint point à l'hyménée
Que, content de sa destinée,
Il n'en remerciât les dieux.
Mais quoi ! si l'amour n'assaisonne
Les plaisirs que l'hymen nous donne,
Je ne vois pas qu'on en soit mieux.

' *Contes de Bidpaï et de Lokman ; le Marchand, la Femme, et le Voleur.*
— Camerarius, fab. CCLV, p. 287.

Notre épouse étant donc de la sorte bâtie,
Et n'ayant caressé son mari de sa vie,
Il en faisoit sa plainte une nuit. Un voleur
  Interrompit la doléance.
  La pauvre femme eut si grand' peur,
  Qu'elle chercha quelque assurance
  Entre les bras de son époux.
Ami voleur, dit-il, sans toi ce bien si doux
Me seroit inconnu ! Prends donc en récompense
Tout ce qui peut chez nous être à ta bienséance ;
Prends le logis aussi. Les voleurs ne sont pas
  Gens honteux, ni fort délicats :
Celui-ci fit sa main.

    J'infère de ce conte
  Que la plus forte passion
C'est la peur ; elle fait vaincre l'aversion,
Et l'amour quelquefois : quelquefois il la dompte ;
  J'en ai pour preuve cet amant
Qui brûla sa maison pour embrasser sa dame,
  L'emportant à travers la flamme.
  J'aime assez cet emportement ;
Le conte m'en a plu toujours infiniment :
  Il est bien d'une ame espagnole,
  Et plus grande encore que folle.

FABLE XVI

Le Trésor et les deux Hommes.[*]

Un homme n'ayant plus ni crédit ni ressource,
    Et logeant le diable en sa bourse,
    C'est-à-dire n'y logeant rien,
    S'imagina qu'il feroit bien
De se pendre, et finir lui-même sa misère,
Puisque aussi bien sans lui la faim le viendroit faire :
    Genre de mort qui ne duit pas
A gens peu curieux de goûter le trépas.
Dans cette intention, une vieille masure
Fut la scène où devoit se passer l'aventure ;
Il y porte une corde, et veut avec un clou
Au haut d'un certain mur attacher le licou.
    La muraille, vieille et peu forte,
S'ébranle au premier coup, tombe avec un trésor.

* Anthologie grecque. — Auson., épigr. XXII et XXIII.

Notre désespéré le ramasse, et l'emporte.
Laisse là le licou, s'en retourne avec l'or,
Sans compter : ronde ou non, la somme plut au sire.
Tandis que le galant à grands pas se retire,
L'homme au trésor arrive, et trouve son argent
          Absent.
Quoi ! dit-il, sans mourir je perdrai cette somme !
Je ne me pendrai pas ! Et vraiment si ferai,
    Ou de corde je manquerai.
Le lacs étoit tout près ; il n'y manquoit qu'un homme
Celui-ci se l'attache, et se pend bien et beau.
    Ce qui le consola peut-être
Fut qu'un autre eût, pour lui, fait les frais du cordeau.
Aussi bien que l'argent le licou trouva maître.

L'avare rarement finit ses jours sans pleurs ;
Il a le moins de part au trésor qu'il enserre,
    Thésaurisant pour les voleurs,
    Pour ses parents, ou pour la terre.
Mais que dire du troc que la Fortune fit ?
Ce sont là de ses traits ; elle s'en divertit :
Plus le tour est bizarre, et plus elle est contente.
    Cette déesse inconstante
    Se mit alors en l'esprit
    De voir un homme se pendre ;
    Et celui qui se pendit
    S'y devoit le moins attendre.

Le Singe et le Chat.*

Bertrand avec Raton, l'un singe et l'autre chat,
Commensaux d'un logis, avoient un commun maître.
D'animaux malfaisants c'étoit un très bon plat :
Ils n'y craignoient tous deux aucun, quel qu'il pût être.
Trouvoit-on quelque chose au logis de gâté,
L'on ne s'en prenoit point aux gens du voisinage :
Bertrand déroboit tout ; Raton, de son côté,
Étoit moins attentif aux souris qu'au fromage.
Un jour, au coin du feu, nos deux maîtres fripons
     Regardoient rôtir des marrons.
Les escroquer étoit une très bonne affaire ;
Nos galants y voyoient double profit à faire :
Leur bien premièrement, et puis le mal d'autrui.
Bertrand dit à Raton : Frère, il faut aujourd'hui
     Que tu fasses un coup de maître ;
Tire-moi ces marrons. Si Dieu m'avoit fait naître

* Regnerii, *Apologi Phœdrii ; Felis et Simius.*

Propre à tirer marrons du feu,
Certes, marrons verroient beau jeu.
Aussitôt fait que dit : Raton, avec sa patte,
D'une manière délicate,
Écarte un peu la cendre, et retire les doigts;
Puis les reporte à plusieurs fois;
Tire un marron, puis deux, et puis trois en escroque :
Et cependant Bertrand les croque.
Une servante vient : adieu mes gens. Raton
N'étoit pas content, ce dit-on.

Aussi ne le sont pas la plupart de ces princes
Qui, flattés d'un pareil emploi,
Vont s'échauder en des provinces
Pour le profit de quelque roi.

Le Milan et le Rossignol.*

Après que le milan, manifeste voleur,
Eut répandu l'alarme en tout le voisinage,
Et fait crier sur lui les enfants du village,
Un rossignol tomba dans ses mains par malheur.
Le héraut du printemps lui demande la vie.
Aussi bien, que manger en qui n'a que le son?
      Écoutez plutôt ma chanson:
Je vous raconterai Térée et son envie. —
Qui, Térée? est-ce un mets propre pour les milans? —
Non pas; c'étoit un roi dont les feux violents
Me firent ressentir leur ardeur criminelle.
Je m'en vais vous en dire une chanson si belle
Qu'elle vous ravira: mon chant plaît à chacun.
      Le milan alors lui réplique:
Vraiment, nous voici bien! lorsque je suis à jeun,

---

* Abstemius, 92, *de Luscinia cantum accipitri pro vita pollicente.*

Tu me viens parler de musique ! —
J'en parle bien aux rois. — Quand un roi te prendra,
　　Tu peux lui conter ces merveilles :
　　Pour un milan, il s'en rira.
　　Ventre affamé n'a point d'oreilles.

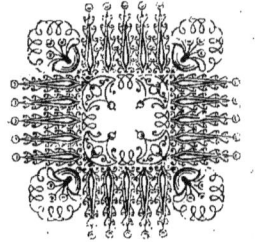

LE BERGER ET SON TROUPEAU.

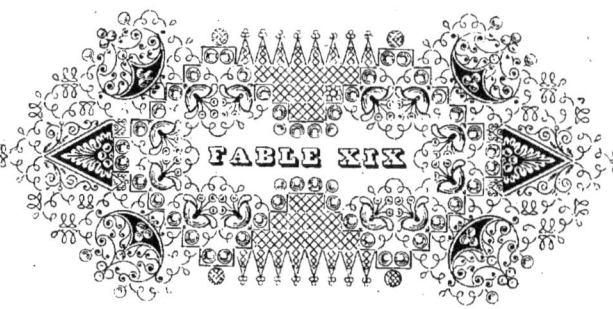

FABLE XIX

Le Berger et son Troupeau.[*]

Quoi ! toujours il me manquera
Quelqu'un de ce peuple imbécile !
Toujours le loup m'en gobera !
J'aurai beau les compter ! Ils étoient plus de mille,
Et m'ont laissé ravir notre pauvre Robin !
Robin mouton, qui par la ville
Me suivoit pour un peu de pain,
Et qui m'auroit suivi jusques au bout du monde !
Hélas ! de ma musette il entendoit le son ;
Il me sentoit venir de cent pas à la ronde.
Ah ! le pauvre Robin mouton !
Quand Guillot eut fini cette oraison funèbre
Et rendu de Robin la mémoire célèbre,
Il harangua tout le troupeau,

[*] Abstemius, 127, *de Pastore gregem suum adversus Lupum hortante.* — Louys Guicciardin, *les Heures de récréation.*

II.   15

Les chefs, la multitude, et jusqu'au moindre agneau,
     Les conjurant de tenir ferme :
Cela seul suffiroit pour écarter les loups.
Foi de peuple d'honneur, ils lui promirent tous
     De ne bouger non plus qu'un terme.
Nous voulons, dirent-ils, étouffer le glouton
     Qui nous a pris Robin mouton.
     Chacun en répond sur sa tête.
     Guillot les crut, et leur fit fête.
     Cependant, devant qu'il fût nuit,
     Il arriva nouvel encombre :
 Un loup parut; tout le troupeau s'enfuit.
Ce n'étoit pas un loup, ce n'en étoit que l'ombre.

     Haranguez de méchants soldats ;
     Ils promettront de faire rage :
Mais, au moindre danger, adieu tout leur courage ;
Votre exemple et vos cris ne les retiendront pas.

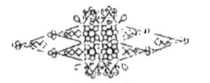

LES DEUX RATS, LE RENARD ET L'ŒUF

FABLE PREMIÈRE.

Les deux Rats, le Renard, et l'Œuf.

DISCOURS A MADAME DE LA SABLIÈRE.

Ris, je vous louerois ; il n'est que trop aisé :
Mais vous avez cent fois notre encens refusé ;
En cela peu semblable au reste des mortelles,
Qui veulent tous les jours des louanges nouvelles.
Pas une ne s'endort à ce bruit si flatteur.
Je ne les blâme point ; je souffre cette humeur :
Elle est commune aux dieux, aux monarques, aux belles.
Ce breuvage vanté par le peuple rimeur,

Le nectar, que l'on sert au maître du tonnerre,
Et dont nous enivrons tous les dieux de la terre,
C'est la louange, Iris. Vous ne la goûtez point;
D'autres propos chez vous récompensent ce point :
  Propos, agréables commerces,
Où le hasard fournit cent matières diverses;
  Jusque-là qu'en votre entretien
La bagatelle a part : le monde n'en croit rien.
  Laissons le monde et sa croyance.
  La bagatelle, la science,
Les chimères, le rien, tout est bon : je soutiens
  Qu'il faut de tout aux entretiens :
  C'est un parterre où Flore épand ses biens;
Sur différentes fleurs l'abeille s'y repose,
  Et fait du miel de toute chose.
Ce fondement posé, ne trouvez pas mauvais
Qu'en ces fables aussi j'entremêle des traits
  De certaine philosophie,
  Subtile, engageante, et hardie.
On l'appelle nouvelle : en avez-vous ou non
  Ouï parler ? Ils disent donc
  Que la bête est une machine;
Qu'en elle tout se fait sans choix et par ressort :
Nul sentiment, point d'ame; en elle tout est corps.
  Telle est la montre qui chemine
A pas toujours égaux, aveugle et sans dessein.
  Ouvrez-la, lisez dans son sein :
Mainte roue y tient lieu de tout l'esprit du monde;
  La première y meut la seconde;
Une troisième suit : elle sonne à la fin.

Au dire de ces gens, la bête est toute telle.
    L'objet la frappe en un endroit :
    Ce lieu frappé s'en va tout droit,
Selon nous, au voisin en porter la nouvelle.
Le sens de proche en proche aussitôt la reçoit.
L'impression se fait : mais comment se fait-elle ?
        Selon eux, par nécessité,
        Sans passion, sans volonté :
        L'animal se sent agité
    De mouvements que le vulgaire appelle
Tristesse, joie, amour, plaisir, douleur cruelle,
        Ou quelque autre de ces états.
Mais ce n'est point cela : ne vous y trompez pas.
Qu'est-ce donc ? Une montre. Et nous ? C'est autre chose.
    Voici de la façon que Descartes l'expose :
Descartes, ce mortel dont on eût fait un dieu
    Chez les païens, et qui tient le milieu
Entre l'homme et l'esprit ; comme entre l'huître et l'homme
Le tient tel de nos gens, franche bête de somme ;
Voici, dis-je, comment raisonne cet auteur
Sur tous les animaux, enfants du Créateur,
J'ai le don de penser ; et je sais que je pense.
Or, vous savez, Iris, de certaine science,
        Que, quand la bête penseroit,
        La bête ne réfléchiroit
        Sur l'objet ni sur sa pensée.
Descartes va plus loin, et soutient nettement
        Qu'elle ne pense nullement.
        Vous n'êtes point embarrassée
De le croire ; ni moi. Cependant, quand aux bois

Le bruit des cors, celui des voix,
N'a donné nul relâche à la fuyante proie,
Qu'en vain elle a mis ses efforts
A confondre et brouiller la voie,
L'animal chargé d'ans, vieux cerf, et de dix corps,
En suppose un plus jeune, et l'oblige, par force,
A présenter aux chiens une nouvelle amorce.
Que de raisonnements pour conserver ses jours !
Le retour sur ses pas, les malices, les tours,
Et le change, et cent stratagèmes
Dignes des plus grands chefs, dignes d'un meilleur sort !
On le déchire après sa mort :
Ce sont tous ses honneurs suprêmes.

Quand la perdrix
Voit ses petits
En danger, et n'ayant qu'une plume nouvelle
Qui ne peut fuir encor par les airs le trépas,
Elle fait la blessée, et va traînant de l'aile ;
Attirant le chasseur et le chien sur ses pas,
Détourne le danger, sauve ainsi sa famille ;
Et puis, quand le chasseur croit que son chien la pille,
Elle lui dit adieu, prend sa volée, et rit
De l'homme qui, confus, des yeux en vain la suit.

Non loin du nord il est un monde
Où l'on sait que les habitants
Vivent, ainsi qu'aux premiers temps,
Dans une ignorance profonde :
Je parle des humains ; car, quant aux animaux,

Ils y construisent des travaux
Qui des torrents grossis arrêtent le ravage ,
Et font communiquer l'un et l'autre rivage.
L'édifice résiste et dure en son entier :
Après un lit de bois est un lit de mortier.
Chaque castor agit : commune en est la tâche ;
Le vieux y fait marcher le jeune sans relâche ;
Maint maître d'œuvre y court , et tient haut le bâton.
     La république de Platon
     Ne seroit rien que l'apprentie
     De cette famille amphibie.
Ils savent en hiver élever leurs maisons ,
     Passent les étangs sur des ponts ,
     Fruit de leur art , savant ouvrage ;
     Et nos pareils ont beau le voir ,
     Jusqu'à présent tout leur savoir
     Est de passer l'onde à la nage.
Que ces castors ne soient qu'un corps vide d'esprit ,
Jamais on ne pourra m'obliger à le croire :
Mais voici beaucoup plus ; écoutez ce récit ,
     Que je tiens d'un roi plein de gloire.
Le défenseur du nord vous sera mon garant :
Je vais citer un prince aimé de la Victoire ;
Son nom seul est un mur à l'empire ottoman :
C'est le roi Polonois.* Jamais un roi ne ment.
     Il dit donc que , sur sa frontière ,
Des animaux entre eux ont guerre de tout temps :
Le sang , qui se transmet des pères aux enfants ,

* Sobieski.

ii.   16

En renouvelle la matière.
Ces animaux, dit-il, sont germains du renard.
    Jamais la guerre avec tant d'art
    Ne s'est faite parmi les hommes,
    Non pas même au siècle où nous sommes.
Corps-de-garde avancé, vedettes, espions,
Embuscades, partis, et mille inventions
D'une pernicieuse et maudite science,
    Fille du Styx, et mère des héros,
      Exercent de ces animaux
      Le bon sens et l'expérience.
Pour chanter leurs combats, l'Achéron nous devroit
    Rendre Homère. Ah ! s'il le rendoit,
Et qu'il rendît aussi le rival d'Épicure, *
Que diroit ce dernier sur ces exemples-ci ?
Ce que j'ai déjà dit : qu'aux bêtes la nature
Peut par les seuls ressorts opérer tout ceci ;
    Que la mémoire est corporelle ;
Et que, pour en venir aux exemples divers
    Que j'ai mis en jour dans ces vers,
    L'animal n'a besoin que d'elle.
L'objet, lorsqu'il revient, va dans son magasin
    Chercher, par le même chemin,
    L'image auparavant tracée,
Qui sur les mêmes pas revient pareillement,
    Sans le secours de la pensée,
    Causer un même événement.
    Nous agissons tout autrement :

* Descartes

La volouté nous détermine,
Non l'objet, ni l'instinct. Je parle, je chemine :
    Je sens en moi certain agent ;
    Tout obéit dans ma machine
    A ce principe intelligent.
Il est distinct du corps, se conçoit nettement,
    Se conçoit mieux que le corps même :
De tous nos mouvements c'est l'arbitre suprême.
    Mais comment le corps l'entend-il ?
    C'est là le point. Je vois l'outil
Obéir à la main : mais la main, qui la guide ?
Eh ! qui guide les cieux et leur course rapide ?
Quelque ange est attaché peut-être à ces grands corps.
Un esprit vit en nous, et meut tous nos ressorts ;
L'impression se fait : le moyen, je l'ignore ;
On ne l'apprend qu'au sein de la Divinité ;
Et, s'il faut en parler avec sincérité,
    Descartes l'ignoroit encore.
Nous et lui là-dessus nous sommes tous égaux :
Ce que je sais, Iris, c'est qu'en ces animaux
    Dont je viens de citer l'exemple ,
Cet esprit n'agit pas ; l'homme seul est son temple.
Aussi faut-il donner à l'animal un point
    Que la plante après tout n'a point :
    Cependant la plante respire.
Mais que répondra-t-on à ce que je vais dire ?

Deux rats cherchoient leur vie ; ils trouvèrent un œuf.
Le dîné suffisoit à gens de cette espèce :
Il n'étoit pas besoin qu'ils trouvassent un bœuf.

    Pleins d'appétit et d'allégresse,
Ils alloient de leur œuf manger chacun sa part,
Quand un quidam parut : c'étoit maître renard ;
    Rencontre incommode et fâcheuse :
Car comment sauver l'œuf? Le bien empaqueter ;
Puis des pieds de devant ensemble le porter,
    Ou le rouler, ou le traîner :
C'étoit chose impossible autant que hasardeuse.
    Nécessité l'ingénieuse
    Leur fournit une invention.
Comme ils pouvaient gagner leur habitation,
L'écornifleur étant à demi-quart de lieue,
L'un se mit sur le dos, prit l'œuf entre ses bras ;
Puis, malgré quelques heurts et quelques mauvais pas,
    L'autre le traîna par la queue.
Qu'on m'aille soutenir, après un tel récit,
    Que les bêtes n'ont point d'esprit !

    Pour moi, si j'en étois le maître,
Je leur en donnerois aussi bien qu'aux enfants.
Ceux-ci pensent-ils pas dès leurs plus jeunes ans?
Quelqu'un peut donc penser ne se pouvant connoître.
    Par un exemple tout égal,
    J'attribuerois à l'animal,
Non point une raison selon notre manière,
Mais beaucoup plus aussi qu'un aveugle ressort :
Je subtiliserois un morceau de matière,
Que l'on ne pourroit plus concevoir sans effort,
Quintessence d'atome, extrait de la lumière,
Je ne sais quoi plus vif et plus mobile encor

Que le feu ; car enfin, si le bois fait la flamme,
La flamme, en s'épurant, peut-elle pas de l'ame
Nous donner quelque idée ? Et sort-il pas de l'or
Des entrailles du plomb ? Je rendrois mon ouvrage
Capable de sentir, juger, rien davantage,
  Et juger imparfaitement ;
Sans qu'un singe jamais fît le moindre argument.
  A l'égard de nous autres hommes,
Je ferois notre lot infiniment plus fort ;
  Nous aurions un double trésor :
L'un, cette ame pareille en tous tant que nous sommes.
  Sages, fous, enfants, idiots,
Hôtes de l'univers sous le nom d'animaux ;
L'autre, encore une autre ame, entre nous et les anges
  Commune en un certain degré ;
  Et ce trésor à part créé
Suivroit parmi les airs les célestes phalanges,
Entreroit dans un point sans en être pressé,
Ne finiroit jamais, quoique ayant commencé :
  Choses réelles, quoique étranges.
  Tant que l'enfance dureroit,
Cette fille du ciel en nous ne paroîtroit
  Qu'une tendre et foible lumière :
L'organe étant plus fort, la raison perceroit
  Les ténèbres de la matière,
  Qui toujours envelopperoit
  L'autre ame imparfaite et grossière.

FABLE II

L'Homme et la Couleuvre.*

Un homme vit une couleuvre :
Ah ! méchante , dit-il , je m'en vais faire une œuvre
    Agréable à tout l'univers !
    A ces mots l'animal pervers
    (C'est le serpent que je veux dire ,
Et non l'homme : on pourroit aisément s'y tromper) ,
A ces mots le serpent , se laissant attraper ,
Est pris , mis en un sac ; et ce qui fut le pire ,
On résolut sa mort , fût-il coupable ou non.
Afin de le payer toutefois de raison ,
    L'autre lui fit cette harangue :
Symbole des ingrats ! être bon aux méchants ,
C'est être sot ; meurs donc : ta colère et tes dents
Ne me nuiront jamais. Le serpent en sa langue ,
Reprit du mieux qu'il put : S'il falloit condamner

* *Livre des lumières.* — Contes de Bidpaï et de Lokman, *l'Homme et la Couleuvre.*

Tous les ingrats qui sont au monde,
A qui pourroit-on pardonner?
Toi-même tu te fais ton procès : je me fonde
Sur tes propres leçons ; jette les yeux sur toi.
Mes jours sont en tes mains, tranche-les; ta justice,
C'est ton utilité, ton plaisir, ton caprice :
    Selon ces lois, condamne-moi ;
    Mais trouve bon qu'avec franchise
    En mourant au moins je te dise
    Que le symbole des ingrats
Ce n'est point le serpent, c'est l'homme. Ces paroles
Firent arrêter l'autre ; il recula d'un pas.
Enfin il repartit : Tes raisons sont frivoles.
Je pourrois décider, car ce droit m'appartient ;
Mais rapportons-nous-en. Soit fait, dit le reptile.
Une vache étoit là : l'on l'appelle ; elle vient :
Le cas est proposé. C'étoit chose facile :
Falloit-il pour cela, dit-elle, m'appeler ?
La couleuvre a raison : pourquoi dissimuler?
Je nourris celui-ci depuis longues années ;
Il n'a sans mes bienfaits passé nulles journées ;
Tout n'est que pour lui seul ; mon lait et mes enfants
Le font à la maison revenir les mains pleines :
Même j'ai rétabli sa santé, que les ans
    Avoient altérée ; et mes peines
Ont pour but son plaisir ainsi que son besoin.
Enfin me voilà vieille ; il me laisse en un coin
Sans herbe : s'il vouloit encor me laisser paître !
Mais je suis attachée : et si j'eusse eu pour maître
Un serpent, eût-il su jamais pousser si loin

L'ingratitude ? Adieu : j'ai dit ce que je pense.

L'homme, tout étonné d'une telle sentence,

Dit au serpent : Faut-il croire ce qu'elle dit !

C'est une radoteuse ; elle a perdu l'esprit.

Croyons ce bœuf. Croyons, dit la rampante bête.

Ainsi dit, ainsi fait. Le bœuf vient à pas lents.

Quand il eut ruminé tout le cas en sa tête,

    Il dit que du labeur des ans

Pour nous seuls il portoit les soins les plus pesants,

Parcourant sans cesser ce long cercle de peines

Qui, revenant sur soi, ramenoit dans nos plaines

Ce que Cérès nous donne, et vend aux animaux ;

    Que cette suite de travaux

Pour récompense avoit, de tous tant que nous sommes,

Force coups, peu de gré : puis, quand il étoit vieux,

On croyoit l'honorer chaque fois que les hommes

Achetoient de son sang l'indulgence des dieux.

Ainsi parla le bœuf. L'homme dit : Faisons taire

    Cet ennuyeux déclamateur ;

Il cherche de grands mots, et vient ici se faire,

    Au lieu d'arbitre, accusateur.

Je le récuse aussi. L'arbre étant pris pour juge,

Ce fut bien pis encore. Il servoit de refuge

Contre le chaud, la pluie, et la fureur des vents ;

Pour nous seuls il ornoit les jardins et les champs :

L'ombrage n'étoit pas le seul bien qu'il sût faire ;

Il courboit sous les fruits. Cependant pour salaire

Un rustre l'abattoit : c'étoit là son loyer ;

Quoique, pendant tout l'an, libéral il nous donne

Ou des fleurs au printemps, ou du fruit en automne,

L'ombre l'été, l'hiver les plaisirs du foyer.
Que ne l'émondoit-on, sans prendre la cognée?
De son tempérament, il eût encor vécu.
L'homme, trouvant mauvais que l'on l'eût convaincu,
Voulut à toute force avoir cause gagnée.
Je suis bien bon, dit-il, d'écouter ces gens-là !
Du sac et du serpent aussitôt il donna
    Contre les murs, tant qu'il tua la bête.

    On en use ainsi chez les grands :
La raison les offense ; ils se mettent en tête
Que tout est né pour eux, quadrupèdes et gens,
        Et serpents.
    Si quelqu'un desserre les dents,
C'est un sot. J'en conviens : mais que faut-il donc faire?
    Parler de loin, ou bien se taire.

FABLE III

La Tortue et les deux Canards.*

Une tortue étoit, à la tête légère,
Qui, lasse de son trou, voulut voir le pays.
Volontiers on fait cas d'une terre étrangère ;
Volontiers gens boiteux haïssent le logis.
        Deux canards, à qui la commère
        Communiqua ce beau dessein,
Lui dirent qu'ils avoient de quoi la satisfaire.
        Voyez-vous ce large chemin ?
Nous vous voiturerons, par l'air, en Amérique ;
        Vous verrez mainte république,
Maint royaume, maint peuple ; et vous profiterez
Des différentes mœurs que vous remarquerez.
Ulysse en fit autant. On ne s'attendoit guère
        De voir Ulysse en cette affaire.
La tortue écouta la proposition.

* *Livre des lumières.* — Contes de Bidpaï et de Lokman, *les deux Canards
et la Tortue*

LA TORTUE ET LES DEUX CANARDS.

Marché fait, les oiseaux forgent une machine
    Pour transporter la pèlerine.
Dans la gueule, en travers, on lui passe un bâton.
Serrez bien, dirent–ils ; gardez de lâcher prise.
Puis chaque canard prend ce bâton par un bout.
La tortue enlevée, on s'étonne partout
    De voir aller en cette guise
    L'animal lent et sa maison,
Justement au milieu de l'un et l'autre oison.
Miracle ! crioit-on : venez voir dans les nues
    Passer la reine des tortues.
La reine ! vraiment oui : je la suis en effet ;
Ne vous en moquez point. Elle eût beaucoup mieux fait
De passer son chemin sans dire aucune chose ;
Car, lâchant le bâton en desserrant les dents,
Elle tombe, elle crève aux pieds des regardants.
Son indiscrétion de sa perte fut cause.

Imprudence, babil, et sotte vanité,
    Et vaine curiosité,
    Ont ensemble étroit parentage :
    Ce sont enfants tous d'un lignage.

FABLE IV

Les Poissons et le Cormoran.[*]

Il n'étoit point d'étang dans tout le voisinage
Qu'un cormoran n'eût mis à contribution :
Viviers et réservoirs lui payoient pension.
Sa cuisine alloit bien : mais, lorsque le long âge
    Eut glacé le pauvre animal,
    La même cuisine alla mal.
Tout cormoran se sert de pourvoyeur lui-même.
Le nôtre, un peu trop vieux pour voir au fond des eaux,
    N'ayant ni filets ni réseaux,
    Souffroit une disette extrême.
Que fit-il? Le besoin, docteur en stratagème,
Lui fournit celui-ci. Sur le bord d'un étang
    Cormoran vit une écrevisse.

---

[*] *Livre des lumières, la Grue et les Poissons.* — Contes de Bidpaï et de Lokman ; *le Héron, l'Écrevisse et les Poissons.*

LES POISSONS ET LE CORMORAN.

Ma commère, dit-il, allez tout à l'instant
    Porter un avis important
    A ce peuple : il faut qu'il périsse ;
Le maître de ce lieu dans huit jours pêchera.
    L'écrevisse en hâte s'en va
    Conter le cas. Grande est l'émute ;
    On court, on s'assemble, on députe
    A l'oiseau : Seigneur Cormoran,
D'où vous vient cet avis ? Quel est votre garant ?
    Êtes-vous sûr de cette affaire ?
N'y savez-vous remède ? Et qu'est-il bon de faire ? —
Changer de lieu, dit-il. — Comment le ferons-nous ? —
N'en soyez point en soin : je vous porterai tous,
    L'un après l'autre, en ma retraite.
Nul que Dieu seul et moi n'en connoît les chemins :
    Il n'est demeure plus secrète.
Un vivier que Nature y creusa de ses mains,
    Inconnu des traîtres humains,
    Sauvera votre république.
    On le crut. Le peuple aquatique
    L'un après l'autre fut porté
    Sous ce rocher peu fréquenté.
    Là, Cormoran le bon apôtre,
    Les ayant mis en un endroit
    Transparent, peu creux, fort étroit,
Vous les prenoit sans peine, un jour l'un, un jour l'autre ;
    Il leur apprit à leurs dépens
Que l'on ne doit jamais avoir de confiance
    En ceux qui sont mangeurs de gens.
Ils y perdirent peu, puisque l'humaine engeance

En auroit aussi bien croqué sa bonne part.
Qu'importe qui vous mange, homme ou loup? toute panse
      Me paroît une à cet égard :
      Un jour plus tôt, un jour plus tard,
      Ce n'est pas grande différence.

FABLE V

L'Enfouisseur et son Compère.[*]

Un pince-maille avoit tant amassé
    Qu'il ne savoit où loger sa finance.
L'avarice, compagne et sœur de l'ignorance,
        Le rendoit fort embarrassé
        Dans le choix d'un dépositaire ;
Car il en vouloit un, et voici sa raison :
L'objet tente ; il faudra que ce monceau s'altère
        Si je le laisse à la maison :
Moi-même de mon bien je serai le larron. —
Le larron ? Quoi ! jouir, c'est se voler soi-même !
Mon ami, j'ai pitié de ton erreur extrême.
        Apprends de moi cette leçon :
Le bien n'est bien qu'en tant que l'on s'en peut défaire ;
Sans cela c'est un mal. Veux-tu le réserver
Pour un âge et des temps qui n'en ont plus que faire ?

[*] Abstemius, 169, *de Viro qui thesaurum Compatre conscio abdiderat.*

La peine d'acquérir, le soin de conserver,
Otent le prix à l'or, qu'on croit si nécessaire. —
     Pour se décharger d'un tel soin,
Notre homme eût pu trouver des gens sûrs au besoin :
Il aima mieux la terre ; et, prenant son compère,
Celui-ci l'aide. Ils vont enfouir le trésor.
Au bout de quelque temps l'homme va voir son or ;
     Il ne retrouva que le gîte.
Soupçonnant à bon droit le compère, il va vîte
Lui dire : Apprêtez-vous ; car il me reste encor
Quelques deniers : je veux les joindre à l'autre masse.
Le compère aussitôt va remettre en sa place
     L'argent volé ; prétendant bien
Tout reprendre à la fois, sans qu'il y manquât rien.
     Mais, pour ce coup, l'autre fut sage :
Il retint tout chez lui, résolu de jouir,
     Plus n'entasser, plus n'enfouir ;
Et le pauvre voleur, ne trouvant plus son gage,
     Pensa tomber de sa hauteur.

Il n'est pas malaisé de tromper un trompeur.

LE LOUP ET LES BERGERS.

Le Loup et les Bergers.*

Un loup rempli d'humanité
(S'il en est de tels dans le monde)
Fit un jour sur sa cruauté,
Quoiqu'il ne l'exerçât que par nécessité,
Une réflexion profonde.
Je suis haï, dit-il ; et de qui ? de chacun.
Le loup est l'ennemi commun :
Chiens, chasseurs, villageois, s'assemblent pour sa perte ;
Jupiter est là-haut étourdi de leurs cris :
C'est par-là que de loups l'Angleterre est déserte,
On y mit notre tête à prix.
Il n'est hobereau qui ne fasse
Contre nous tels bans publier ;
Il n'est marmot osant crier
Que du loup aussitôt sa mère ne menace.
Le tout pour un âne rogneux,

---

* Philibert Hegemon, fable xx, *des Pasteurs et du Loup*.

Pour un mouton pourri, pour quelque chien hargueux,
    Dont j'aurai passé mon envie.
Eh bien ! ne mangeons plus de chose ayant eu vie :
Paissons l'herbe, broutons, mourons de faim plutôt.
    Est-ce une chose si cruelle ?
Vaut-il mieux s'attirer la haine universelle ?
Disant ces mots, il vit des bergers, pour leur rôt,
    Mangeants un agneau cuit en broche.
    Oh ! oh ! dit-il, je me reproche
Le sang de cette gent : voilà ses gardiens
    S'en repaissants eux et leurs chiens ;
    Et moi loup, j'en ferai scrupule !
Non, par tous les dieux ! non ; je serois ridicule :
    Thibaut l'agnelet passera,
    Sans qu'à la broche je le mette ;
Et non seulement lui, mais la mère qu'il tette,
    Et le père qui l'engendra !

Ce loup avoit raison. Est-il dit qu'on nous voie
    Faire festin de toute proie,
Manger les animaux ; et nous les réduirons
Aux mets de l'âge d'or autant que nous pourrons !
    Ils n'auront ni croc ni marmite !
    Bergers, bergers ! le loup n'a tort
    Que quand il n'est pas le plus fort :
    Voulez-vous qu'il vive en ermite ?

FABLE VII

L'Araignée et l'Hirondelle.*

O Jupiter, qui sus de ton cerveau,
Par un secret d'accouchement nouveau,
Tirer Pallas, jadis mon ennemie,
Entends ma plainte une fois en ta vie !
Progné me vient enlever les morceaux ;
Caracolant, frisant l'air et les eaux,
Elle me prend mes mouches à ma porte :
Miennes je puis les dire ; et mon réseau
En seroit plein sans ce maudit oiseau :
Je l'ai tissu de matière assez forte.
　　Ainsi, d'un discours insolent,
Se plaignoit l'araignée autrefois tapissière,
　　Et qui lors étant filandière
Prétendoit enlacer tout insecte volant.
La sœur de Philomèle, attentive à sa proie,
Malgré le bestion happoit mouches dans l'air,

* Abstemius, 4, *de Aranea et Hirundine.*

Pour ses petits, pour elle, impitoyable joie,
Que ses enfants gloutons, d'un bec toujours ouvert,
D'un ton demi-formé, bégayante couvée,
Demandoient par des cris encor mal entendus.
      La pauvre aragne n'ayant plus
Que la tête et les pieds, artisans superflus,
      Se vit elle-même enlevée :
L'hirondelle, en passant, emporta toile, et tout,
      Et l'animal pendant au bout.

Jupin pour chaque état mit deux tables au monde :
L'adroit, le vigilant, et le fort, sont assis
      A la première ; et les petits
      Mangent leur reste à la seconde.

FABLE VIII

La Perdrix et les Coqs.[*]

Parmi de certains coqs, incivils, peu galants,
    Toujours en noise, et turbulents,
    Une perdrix étoit nourrie.
    Son sexe, et l'hospitalité,
De la part de ces coqs, peuple à l'amour porté,
Lui faisoient espérer beaucoup d'honnêteté :
Ils feroient les honneurs de la ménagerie.
Ce peuple cependant, fort souvent en furie,
Pour la dame étrangère ayant peu de respec,[**]
Lui donnoit fort souvent d'horribles coups de bec.
    D'abord elle en fut affligée ;
Mais, sitôt qu'elle eut vu cette troupe enragée
S'entre-battre elle-même et se percer les flancs,
Elle se consola. Ce sont leurs mœurs, dit-elle ;
Ne les accusons point, plaignons plutôt ces gens :

[*] Æsop., 16, *Perdix et Galli.*
[**] Au lieu de *respect*, pour la rime et par licence poétique.

Jupiter sur un seul modèle
N'a pas formé tous les esprits ;
Il est des naturels de coqs et de perdrix.
S'il dépendoit de moi, je passerois ma vie
En plus honnête compagnie.
Le maître de ces lieux en ordonne autrement ;
Il nous prend avec des tonnelles,
Nous loge avec des coqs, et nous coupe les ailes :
C'est de l'homme qu'il faut se plaindre seulement.

LE CHIEN A QUI ON A COUPÉ LES OREILLES.

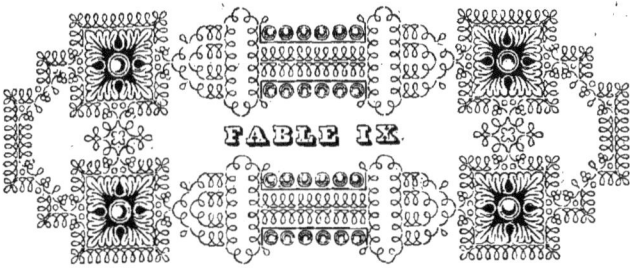

Le Chien à qui on a coupé les oreilles.

Qu'ai-je fait, pour me voir ainsi
Mutilé par mon propre maître ?
Le bel état où me voici !
Devant les autres chiens oserai-je paraître ?
O rois des animaux, ou plutôt leurs tyrans,
Qui vous feroit choses pareilles !
Ainsi crioit Mouflar, jeune dogue ; et les gens,
Peu touchés de ses cris douloureux et perçants,
Venoient de lui couper sans pitié les oreilles.
Mouflar y croyoit perdre. Il vit avec le temps
Qu'il y gagnoit beaucoup ; car, étant de nature
A piller ses pareils, mainte mésaventure
L'auroit fait retourner chez lui
Avec cette partie en cent lieux altérée :
Chien hargneux a toujours l'oreille déchirée.

Le moins qu'on peut laisser de prise aux dents d'autrui,
C'est le mieux. Quand on n'a qu'un endroit à défendre,

On le munit, de peur d'esclandre.
Témoin maître Mouflar armé d'un gorgerin ;
Du reste ayant d'oreille autant que sur ma main,
Un loup n'eût su par où le prendre.

Le Berger et le Roi [*]

Deux démons à leur gré partagent notre vie,
Et de son patrimoine ont chassé la raison ;
Je ne vois point de cœur qui ne leur sacrifie :
Si vous me demandez leur état et leur nom,
J'appelle l'un Amour, et l'autre, Ambition.
Cette dernière étend le plus loin son empire ;
        Car même elle entre dans l'amour.
Je le ferois bien voir ; mais mon but est de dire
Comme un roi fit venir un berger à sa cour.
Le conte est du bon temps, non du siècle où nous sommes.

Ce roi vit un troupeau qui couvroit tous les champs,
Bien broutant, en bon corps, rapportant tous les ans,

[*] *Livre des Lumières, Histoire d'un Hermite.* — Contes de Bidpaï et de Lokman : *l'Hermite; Histoire d'un Lion et d'un Renard.*

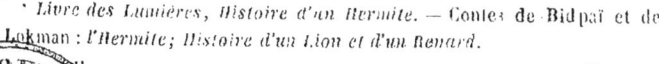

19

Grace aux soins du berger, de très notables sommes.
Le berger plut au roi par ces soins diligents.
Tu mérites, dit–il, d'être pasteur de gens :
Laisse là tes moutons, viens conduire des hommes ;
   Je te fais juge souverain.
Voilà notre berger la balance à la main.
Quoiqu'il n'eût guère vu d'autres gens qu'un ermite,
Son troupeau, ses mâtins, le loup, et puis c'est tout,
Il avoit du bon sens ; le reste vient ensuite :
   Bref, il en vint fort bien à bout.
L'ermite son voisin accourut pour lui dire :
Veillé–je ? et n'est-ce point un songe que je vois ?
Vous, favori ! vous, grand ! Défiez–vous des rois ;
Leur faveur est glissante : on s'y trompe, et le pire
C'est qu'il en coûte cher : de pareilles erreurs
Ne produisent jamais que d'illustres malheurs.
Vous ne connoissez pas l'attrait qui vous engage :
Je vous parle en ami ; craignez tout. L'autre rit ;
   Et notre ermite poursuivit :
Voyez combien déjà la cour vous rend peu sage.
Je crois voir cet aveugle à qui, dans un voyage,
   Un serpent engourdi de froid
Vient s'offrir sous la main : il le prit pour un fouet ;
Le sien s'étoit perdu, tombant de sa ceinture.
Il rendoit grace au ciel de l'heureuse aventure,
Quand un passant cria : Que tenez-vous ? ô dieux !
Jetez cet animal traître et pernicieux,
Ce serpent ! — C'est un fouet. — C'est un serpent ! vous dis-je.
A me tant tourmenter quel intérêt m'oblige ?
Prétendez-vous garder ce trésor ? — Pourquoi non ?

Mon fouet étoit usé ; j'en retrouve un fort bon :
  Vous n'en parlez que par envie. —
  L'aveugle enfin ne le crut pas ;
  Il en perdit bientôt la vie :
L'animal dégourdi piqua son homme au bras.
  Quant à vous, j'ose vous prédire
Qu'il vous arrivera quelque chose de pire.
Eh ! que me sauroit-il arriver que la mort ?
Mille dégoûts viendront, dit le prophète ermite.
Il en vint en effet : l'ermite n'eut pas tort.
Mainte peste de cour fit tant, par maint ressort,
Que la candeur du juge, ainsi que son mérite,
Furent suspects au prince. On cabale, on suscite
Accusateurs, et gens grevés par ses arrêts.
De nos bien, dirent-ils, il s'est fait un palais.
Le prince voulut voir ces richesses immenses.
Il ne trouva partout que médiocrité,
Louanges du désert et de la pauvreté :
  C'étoient là ses magnificences.
Son fait, dit-on, consiste en des pierres de prix :
Un grand coffre en est plein, fermé de dix serrures.
Lui-même ouvrit ce coffre, et rendit bien surpris
  Tous les machineurs d'impostures.
Le coffre étant ouvert, on y vit des lambeaux,
  L'habit d'un gardeur de troupeaux,
Petit chapeau, jupon, panetière, houlette,
  Et, je pense, aussi sa musette.
Doux trésors, ce dit-il, chers gages, qui jamais
N'attirâtes sur vous l'envie et le mensonge,
Je vous reprends : sortons de ces riches palais

Comme l'on sortiroit d'un songe !
Sire, pardonnez-moi cette exclamation :
J'avois prévu ma chute en montant sur le faite.
Je m'y suis trop complu : mais qui n'a dans la tête
Un petit grain d'ambition ?

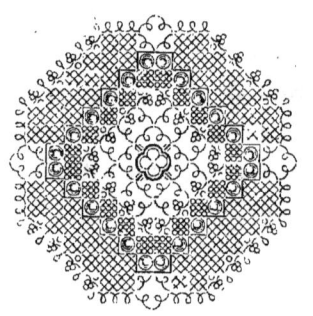

LES POISSONS, ET LE BERGER
QUI JOUE DE LA FLUTE.

FABLE XI

Les Poissons, et le Berger qui joue de la flûte. *

Tircis, qui pour la seule Annette
Faisoit résonner les accords
D'une voix et d'une musette
Capable de toucher les morts,
Chantoit un jour le long des bords
D'une onde arrosant des prairies
Dont Zéphyre habitoit les campagnes fleuries.
Annette, cependant, à la ligne pêchoit :
    Mais nul poisson ne s'approchoit ;
    La bergère perdoit ses peines.
    Le berger, qui par ses chansons
    Eût attiré des inhumaines,
  Crut (et crut mal) attirer des poissons.
Il leur chanta ceci : Citoyens de cette onde,

* Æsop., 54, 150, *Piscator.* — Aphton., 55, *Fabula piscatoris, qui piscator simul erat, et aulædus, qua artibus suo quoque loco utendum esse docetur.*

Laissez votre Naïade en sa grotte profonde,
Venez voir un objet mille fois plus charmant.
Ne craignez point d'entrer aux prisons de la belle :
    Ce n'est qu'à nous qu'elle est cruelle.
    Vous serez traités doucement ;
    On n'en veut point à votre vie.
Un vivier vous attend, plus clair que fin cristal ;
Et, quand à quelques uns l'appât seroit fatal,
Mourir des mains d'Annette est un sort que j'envie.
Ce discours éloquent ne fit pas grand effet ;
L'auditoire étoit sourd aussi bien que muet :
Tircis eut beau prêcher. Ses paroles miellées
    S'en étant aux vents envolées,
Il tendit un long rets. Voilà les poissons pris ;
Voilà les poissons mis aux pieds de la bergère.

O vous, pasteurs d'humains et non pas de brebis,
Rois, qui croyez gagner par raison les esprits
    D'une multitude étrangère,
Ce n'est jamais par-là que l'on en vient à bout !
    Il y faut une autre manière :
Servez-vous de vos rets ; la puissance fait tout.

FABLE XII

Les deux Perroquets, le Roi, et son fils.[*]

Deux perroquets, l'un père et l'autre fils,
Du rôt d'un roi faisoient leur ordinaire ;
Deux demi-dieux, l'un fils et l'autre père,
De ces oiseaux faisoient leurs favoris.
L'âge lioit une amitié sincère
Entre ces gens : les deux pères s'aimoient ;
Les deux enfants, malgré leur cœur frivole,
L'un avec l'autre aussi s'accoutumoient,
Nourris ensemble, et compagnons d'école.
C'étoit beaucoup d'honneur au jeune perroquet ;
Car l'enfant étoit prince, et son père monarque.
Par le tempérament que lui donna la Parque,
Il aimoit les oiseaux. Un moineau fort coquet,
Et le plus amoureux de toute la province,
Faisoit aussi sa part des délices du prince.

[*] Contes de Bidpaï et de Lokman : *Histoire d'un Roi de Yemen et de son Perroquet.*

Ces deux rivaux un jour ensemble se jouants,
   Comme il arrive aux jeunes gens,
   Le jeu devint une querelle.
   Le passereau, peu circonpec,[*]
   S'attira de tels coups de bec,
   Que, demi-mort et traînant l'aile,
   On crut qu'il n'en pourroit guérir.
   Le prince indigné fit mourir
Son perroquet. Le bruit en vint au père.
L'infortuné vieillard crie et se désespère,
   Le tout en vain, ses cris sont superflus,
   L'oiseau parleur est déjà dans la barque :
   Pour dire mieux, l'oiseau ne parlant plus
   Fait qu'en fureur sur le fils du monarque
Son père s'en va fondre, et lui crève les yeux.
Il se sauve aussitôt, et choisit pour asile
   Le haut d'un pin : là, dans le sein des dieux,
Il goûte sa vengeance en lieu sûr et tranquille.
Le roi lui-même y court, et dit pour l'attirer :
Ami, reviens chez moi ; que nous sert de pleurer ?
Haine, vengeance, et deuil, laissons tout à la porte.
   Je suis contraint de déclarer,
   Encor que ma douleur soit forte,
Que le tort vient de nous ; mon fils fut l'agresseur :
Mon fils ! non, c'est le Sort qui du coup est l'auteur.
La Parque avoit écrit de tout temps en son livre
Que l'un de nos enfants devoit cesser de vivre,
   L'autre de voir, par ce malheur.

---

[*] Au lieu de *circonspect*, pour la rime et par licence poétique.

Consolons-nous tous deux, et reviens dans ta cage.
        Le perroquet dit : Sire roi,
        Crois-tu qu'après un tel outrage
        Je me doive fier à toi ?
Tu m'allègues le Sort : prétends-tu, par ta foi,
Me leurrer de l'appât d'un profane langage ?
Mais que la Providence, ou bien que le Destin,
        Règle les affaires du monde,
Il est écrit là-haut qu'au faîte de ce pin,
        Ou dans quelque forêt profonde,
J'achèverai mes jours loin du fatal objet
        Qui doit t'être un juste sujet
De haine et de fureur. Je sais que la vengeance
Est un morceau de roi : car vous vivez en dieux.
        Tu veux oublier cette offense ;
Je le crois : cependant il me faut, pour le mieux,
        Éviter ta main et tes yeux.
Sire roi, mon ami, va-t'en, tu perds ta peine :
        Ne me parle point de retour ;
L'absence est aussi bien un remède à la haine
        Qu'un appareil contre l'amour.

La Lionne et l'Ourse.

Mère lionne avoit perdu son faon :
Un chasseur l'avoit pris. La pauvre infortunée
      Poussoit un tel rugissement
Que toute la forêt étoit importunée.
      La nuit ni son obscurité ,
      Son silence , et ses autres charmes,
De la reine des bois n'arrêtoient les vacarmes :
Nul animal n'étoit du sommeil visité.
      L'ourse enfin lui dit : Ma commère ,
      Un mot sans plus ; tous les enfants
      Qui sont passés entre vos dents
      N'avoient-ils ni père ni mère ? —
      Ils en avoient. — S'il est ainsi ,
Et qu'aucun de leur mort n'ait nos têtes rompues ,
      Si tant de mères se sont tues ,
      Que ne vous taisez-vous aussi ? —
      Moi , me taire ! moi malheureuse !

LA LICORNE ET L'OURSE.

Ah ! j'ai perdu mon fils ! il me faudra traîner
        Une vieillesse douloureuse ! —
Dites-moi, qui vous force à vous y condamner ?
Hélas ! c'est le Destin qui me hait. — Ces paroles
Ont été de tout temps en la bouche de tous.

Misérables humains, ceci s'adresse à vous !
Je n'entends résonner que des plaintes frivoles.
Quiconque, en pareil cas, se croit haï des cieux,
Qu'il considère Hécube, il rendra grace aux dieux.

FABLE XIV

Les deux Aventuriers et le Talisman.*

Aucun chemin de fleurs ne conduit à la gloire.
Je n'en veux pour témoin qu'Hercule et ses travaux :
    Ce dieu n'a guère de rivaux ;
J'en vois peu dans la fable, encor moins dans l'histoire.
En voici pourtant un, que de vieux talismans
Firent chercher fortune au pays des romans.
    Il voyageoit de compagnie.
Son camarade et lui trouvèrent un poteau
    Ayant au haut cet écriteau :
« Seigneur aventurier, s'il te prend quelque envie
« De voir ce que n'a vu nul chevalier errant,
    « Tu n'as qu'à passer ce torrent ;
« Puis, prenant dans tes bras un éléphant de pierre
    « Que tu verras couché par terre,
« Le porter, d'une haleine, au sommet de ce mont

* Livre des lumières, les deux Compagnons. — Contes de Bidpaï et de
Lokman ; les deux Voyageurs.

« Qui menace les cieux de son superbe front. »
L'un des deux chevaliers saigna du nez. Si l'onde
    Est rapide autant que profonde,
Dit-il... et supposé qu'on la puisse passer,
Pourquoi de l'éléphant s'aller embarrasser?
    Quelle ridicule entreprise !
Le sage l'aura fait par tel art et de guise
Qu'on le pourra porter peut-être quatre pas :
Mais jusqu'au haut du mont ! d'une haleine ! il n'est pas
Au pouvoir d'un mortel ; à moins que la figure
Ne soit d'un éléphant nain, pygmée, avorton,
    Propre à mettre au bout d'un bâton :
Auquel cas, où l'honneur d'une telle aventure ?
On nous veut attraper dedans cette écriture ;
Ce sera quelque énigme à tromper un enfant :
C'est pourquoi je vous laisse avec votre éléphant.
Le raisonneur parti, l'aventureux se lance,
    Les yeux clos, à travers cette eau.
    Ni profondeur ni violence
Ne purent l'arrêter ; et, selon l'écriteau,
Il vit son éléphant couché sur l'autre rive.
Il le prend, il l'emporte, au haut du mont arrive,
Rencontre une esplanade, et puis une cité.
Un cri par l'éléphant est aussitôt jeté :
    Le peuple aussitôt sort en armes :
Tout autre aventurier, au bruit de ces alarmes,
Auroit fui : celui-ci, loin de tourner le dos,
Veut vendre au moins sa vie, et mourir en héros.
Il fut tout étonné d'ouïr cette cohorte
Le proclamer monarque, au lieu de son roi mort.

Il ne se fit prier que de la bonne sorte,
Encor que le fardeau fût, dit–il, un peu fort.
Sixte en disoit autant quand on le fit saint–père :
    (Seroit-ce bien une misère
    Que d'être pape ou d'être roi?)
On reconnut bientôt son peu de bonne foi.

Fortune aveugle suit aveugle hardiesse.
Le sage quelquefois fait bien d'exécuter
Avant que de donner le temps à la sagesse
D'envisager le fait, et sans la consulter.

FABLE XV

[Les Lapins.

DISCOURS A M. LE DUC DE LA ROCHEFOUCAULD.

Je me suis souvent dit, voyant de quelle sorte
      L'homme agit, et qu'il se comporte
En mille occasions comme les animaux :
Le roi de ces gens–là n'a pas moins de défauts
      Que ses sujets ; et la Nature
      A mis dans chaque créature
Quelque grain d'une masse où puisent les esprits :
J'entends les esprits-corps, et pétris de matière.
      Je vais prouver ce que je dis.

A l'heure de l'affût, soit lorsque la lumière
Précipite ses traits dans l'humide séjour,
Soit lorsque le soleil rentre dans sa carrière,
Et que, n'étant plus nuit, il n'est pas encor jour,
Au bord de quelque bois sur un arbre je grimpe,
Et, nouveau Jupiter, du haut de cet olympe,
      Je foudroie à discrétion

Un lapin qui n'y pensoit guère.
Je vois fuir aussitôt toute la nation
        Des lapins, qui, sur la bruyère,
        L'œil éveillé, l'oreille au guet,
S'égayoient, et de thym parfumoient leur banquet.
        Le bruit du coup fait que la bande
        S'en va chercher sa sûreté
        Dans la souterraine cité :
Mais le danger s'oublie, et cette peur si grande
S'évanouit bientôt; je revois les lapins,
Plus gais qu'auparavant, revenir sous mes mains.

Ne reconnoît-on pas en cela les humains ?
        Dispersés par quelque orage,
        A peine ils touchent le port
        Qu'ils vont hasarder encor
        Même vent, même naufrage :
        Vrais lapins, on les revoit
        Sous les mains de la Fortune.
Joignons à cet exemple une chose commune.
Quand des chiens étrangers passent par quelque endroit
        Qui n'est pas de leur détroit,*
        Je laisse à penser quelle fête !
        Les chiens du lieu, n'ayant en tête
Qu'un intérêt de gueule, à cris, à coups de dents
        Vous accompagnent ces passants
        Jusqu'aux confins du territoire.

---

* La Fontaine a employé ici *détroit* pour *district*; ces deux mots sont de
formation commune.

Un intérêt de biens, de grandeur, et de gloire,
Aux gouverneurs d'états, à certains courtisans,
A gens de tous métiers, en fait tout autant faire.
    On nous voit tous, pour l'ordinaire,
Piller le survenant, nous jeter sur sa peau.
La coquette et l'auteur sont de ce caractère :
    Malheur à l'écrivain nouveau !
Le moins de gens qu'on peut à l'entour du gâteau,
    C'est le droit du jeu, c'est l'affaire.
Cent exemples pourroient appuyer mon discours ;
    Mais les ouvrages les plus courts
Sont toujours les meilleurs. En cela j'ai pour guides
Tous les maîtres de l'art, et tiens qu'il faut laisser
Dans les plus beaux sujets quelque chose à penser :
    Ainsi ce discours doit cesser.
Vous, qui m'avez donné ce qu'il a de solide,
Et dont la modestie égale la grandeur,
Qui ne pûtes jamais écouter sans pudeur
    La louange la plus permise,
    La plus juste et la mieux acquise ;
Vous enfin, dont à peine ai-je encore obtenu
Que votre nom reçût ici quelques hommages,
Du temps et des censeurs défendant mes ouvrages,
Comme un nom qui, des ans et des peuples connu,
Fait honneur à la France, en grands noms plus féconde
    Qu'aucun climat de l'univers,
Permettez-moi du moins d'apprendre à tout le monde
Que vous m'avez donné le sujet de ces vers.

21

FABLE XVI

Le Marchand, le Gentilhomme, le Pâtre, et le Fils du Roi.*

Quatre chercheurs de nouveaux mondes,
Presque nus, échappés à la fureur des ondes,
Un trafiquant, un noble, un pâtre, un fils de roi,
    Réduits au sort de Bélisaire,**
    Demandoient aux passants de quoi
    Pouvoir soulager leur misère.
De raconter quel sort les avoit assemblés,
Quoique sous divers points tous quatre ils fussent nés,
    C'est un récit de longue haleine.
Ils s'assirent enfin au bord d'une fontaine :
Là le conseil se tint entre les pauvres gens.
Le prince s'étendit sur le malheur des grands.
Le pâtre fut d'avis qu'éloignant la pensée
    De leur aventure passée,

---

  * Contes de Bidpaï et de Lokman; *Histoire d'Asfendiar.*
  ** Bélisaire étoit un grand capitaine, qui, ayant commandé les armées de l'empereur et perdu les bonnes graces de son maître, tomba dans un tel point de misère qu'il demandoit l'aumône sur les grands chemins. (*Note de La Fontaine.*)

LE MARCHAND, LE GENTILHOMME,
LE PATRE ET LE FILS DE ROI.

Chacun fît de son mieux, et s'appliquât au soin
    De pourvoir au commun besoin.
La plainte, ajouta-t-il, guérit-elle son homme?
Travaillons : c'est de quoi nous mener jusqu'à Rome.
Un pâtre ainsi parler! Ainsi parler? croit-on
Que le ciel n'ait donné qu'aux têtes couronnées
    De l'esprit et de la raison;
Et que de tout berger, comme de tout mouton,
    Les connoissances soient bornées?
L'avis de celui-ci fut d'abord trouvé bon
Par les trois échoués aux bords de l'Amérique.
L'un (c'étoit le marchand) savoit l'arithmétique,
A tant par mois, dit-il, j'en donnerai leçon.
    J'enseignerai la politique,
Reprit le fils de roi. Le noble poursuivit :
Moi, je sais le blason : j'en veux tenir école :
Comme si, devers l'Inde, on eût eu dans l'esprit
La sotte vanité de ce jargon frivole!
Le pâtre dit : Amis, vous parlez bien; mais quoi!
Le mois a trente jours : jusqu'à cette échéance
    Jeûnerons-nous, par votre foi?
    Vous me donnez une espérance
Belle, mais éloignée; et cependant j'ai faim.
Qui pourvoira de nous au dîné de demain?
    Ou plutôt sur quelle assurance
Fondez-vous, dites-moi, le souper d'aujourd'hui?
    Avant tout autre, c'est celui
    Dont il s'agit. Votre science
Est courte là-dessus : ma main y suppléera.
    A ces mots le pâtre s'en va

Dans un bois : il y fit des fagots, dont la vente,
Pendant cette journée et pendant la suivante,
Empêcha qu'un long jeûne à la fin ne fît tant
Qu'ils allassent là-bas exercer leur talent.

    Je conclus de cette aventure
Qu'il ne faut pas tant d'art pour conserver ses jours ;
    Et, grace aux dons de la nature,
La main est le plus sûr et le plus prompt secours.

FIN DU LIVRE DIXIÈME.

LE LION.

FABLE PREMIÈRE.

Le Lion.*

ULTAN léopard autrefois
Eut, ce dit-on, par mainte aubaine,
Force bœufs dans ses prés, force cerfs dans bois,
Force moutons parmi la plaine.
Il naquit un lion dans la forêt prochaine.
Après les compliments et d'une et d'autre part,
Comme entre grands il se pratique,
Le sultan fit venir son vizir le renard,
Vieux routier, et bon politique.

* Contes de Bidpaï, *le jeune Léopard.*

Tu crains, ce lui dit–il, lionceau mon voisin ;

          Son père est mort : que peut–il faire ?

          Plains plutôt le pauvre orphelin.

          Il a chez lui plus d'une affaire,

          Et devra beaucoup au Destin
S'il garde ce qu'il a, sans tenter de conquête.

          Le renard dit, branlant la tête :
Tels orphelins, seigneur, ne me font point pitié ;
Il faut de celui-ci conserver l'amitié,

          Ou s'efforcer de le détruire

          Avant que la griffe et la dent
Lui soit crûe, et qu'il soit en état de nous nuire.

          N'y perdez pas un seul moment.
J'ai fait son horoscope : il croîtra par la guerre ;

          Ce sera le meilleur lion

          Pour ses amis, qui soit sur terre :

          Tâchez donc d'en être, sinon
Tâchez de l'affoiblir. La harangue fut vaine.
Le sultan dormoit lors ; et dedans son domaine
Chacun dormoit aussi, bêtes, gens : tant qu'enfin
Le lionceau devint vrai lion. Le tocsin
Sonne aussitôt sur lui ; l'alarme se promène

          De toutes parts ; et le vizir,
Consulté là–dessus, dit avec un soupir :
Pourquoi l'irritez-vous ? La chose est sans remède.
En vain nous appelons mille gens à notre aide :
Plus ils sont, plus il coûte ; et je ne les tiens bons

          Qu'à manger leur part des moutons.
Apaisez le lion : seul il passe en puissance
Ce monde d'alliés vivant sur notre bien.

Le lion en a trois qui ne lui coûtent rien,
Son courage, sa force, avec sa vigilance.
Jetez-lui promptement sous la griffe un mouton;
S'il n'en est pas content, jetez-en davantage:
Joignez-y quelque bœuf; choisissez, pour ce don,
    Tout le plus gras du pâturage.
Sauvez le reste ainsi. Ce conseil ne plut pas.
    Il en prit mal; et force états
    Voisins du sultan en pâtirent:
    Nul n'y gagna, tous y perdirent.
    Quoi que fît ce monde ennemi,
    Celui qu'ils craignoient fut le maître.

Proposez-vous d'avoir le lion pour ami,
    Si vous voulez le laisser craître.

Les Dieux voulant instruire un fils de Jupiter.

POUR MONSEIGNEUR LE DUC DU MAINE.

Jupiter eut un fils, qui, se sentant du lieu
     Dont il tiroit son origine,
     Avoit l'ame toute divine.
L'enfance n'aime rien : celle du jeune dieu
     Faisoit sa principale affaire
     Des doux soins d'aimer et de plaire.
     En lui l'amour et la raison
Devancèrent le temps, dont les ailes légères
N'amènent que trop tôt, hélas ! chaque saison.
Flore aux regards riants, aux charmantes manières,
Toucha d'abord le cœur du jeune Olympien.
Ce que la passion peut inspirer d'adresse ;
Sentiments délicats et remplis de tendresse,
Pleurs, soupirs, tout en fut : bref, il n'oublia rien.
Le fils de Jupiter devoit, par sa naissance,
Avoir un autre esprit, et d'autres dons des cieux,
     Que les enfants des autres dieux :
Il sembloit qu'il n'agît que par réminiscence,
Et qu'il eût autrefois fait le métier d'amant,

Tant il le fit parfaitement !
Jupiter cependant voulut le faire instruire.
Il assembla les dieux, et dit : J'ai su conduire,
Seul et sans compagnon, jusqu'ici l'univers ;
  Mais il est des emplois divers
  Qu'aux nouveaux dieux je distribue.
Sur cet enfant chéri j'ai donc jeté la vue :
C'est mon sang ; tout est plein déjà de ses autels.
Afin de mériter le rang des immortels,
Il faut qu'il sache tout. Le maître du tonnerre
Eut à peine achevé, que chacun applaudit.
Pour savoir tout, l'enfant n'avoit que trop d'esprit.
  Je veux, dit le dieu de la guerre,
  Lui montrer moi-même cet art
  Par qui maints héros ont eu part
Aux honneurs de l'Olympe, et grossi cet empire.
  Je serai son maître de lyre,
  Dit le blond et docte Apollon.
Et moi, reprit Hercule à la peau de lion,
  Son maître à surmonter les vices,
A dompter les transports, monstres empoisonneurs,
Comme hydres renaissants sans cesse dans les cœurs :
  Ennemi des molles délices,
Il apprendra de moi les sentiers peu battus
Qui mènent aux honneurs sur les pas des vertus.
  Quant ce vint au dieu de Cythère,
  Il dit qu'il lui montreroit tout.

L'Amour avoit raison. De quoi ne vient à bout
  L'esprit joint au desir de plaire !

FABLE III

Le Fermier, le Chien, et le Renard.[*]

Le loup et le renard sont d'étranges voisins !
Je ne bâtirai point autour de leur demeure.
    Ce dernier guettoit à toute heure
Les poules d'un fermier ; et, quoique des plus fins,
Il n'avoit pu donner d'atteinte à la volaille.
D'une part l'appétit, et l'autre le danger,
N'étoient pas au compère un embarras léger.
    Hé quoi ! dit-il, cette canaille
    Se moque impunément de moi !
    Je vais, je viens, je me travaille,
J'imagine cent tours : le rustre, en paix chez soi,
Vous fait argent de tout, convertit en monnoie
Ses chapons, sa poulaille ; il en a même au croc ;
Et moi, maître passé, quand j'attrape un vieux coq,
    Je suis au comble de la joie !
Pourquoi sire Jupin m'a-t-il donc appelé

[*] Abstemius, 149, *de Patrefamilias succensente cani ob gallinas raptas.*

LE FERMIER, LE CHIEN ET LE RENARD.

Au métier de renard ? Je jure les puissances
De l'Olympe et du Styx ; il en sera parlé.
    Roulant en son cœur ces vengeances,
Il choisit une nuit libérale en pavots :
Chacun étoit plongé dans un profond repos ;
Le maître du logis, les valets, le chien même,
Poules, poulets, chapons, tout dormoit. Le fermier,
    Laissant ouvert son poulailler,
    Commit une sottise extrême.
Le voleur tourne tant qu'il entre au lieu guetté,
Le dépeuple, remplit de meurtres la cité.
    Les marques de sa cruauté
Parurent avec l'aube ; on vit un étalage
    De corps sanglants et de carnage.
    Peu s'en fallut que le soleil
Ne rebroussât d'horreur vers le manoir liquide.
    Tel, et d'un spectacle pareil,
Apollon irrité contre le fier Atride
Joncha son camp de morts ; on vit presque détruit
L'ost * des Grecs ; et ce fut l'ouvrage d'une nuit.
    Tel encore autour de sa tente
    Ajax, à l'ame impatiente,
De moutons et de boucs fit un vaste débris,
Croyant tuer en eux son concurrent Ulysse,
    Et les auteurs de l'injustice
    Par qui l'autre emporta le prix.
Le renard, autre Ajax aux volailles funeste,
Emporte ce qu'il peut, laisse étendu le reste.

---

* L'armée. Vieux mot.

Le maître ne trouva de recours qu'à crier
Contre ses gens, son chien : c'est l'ordinaire usage.
Ah ! maudit animal, qui n'est bon qu'à noyer,
Que n'avertissois-tu dès l'abord du carnage ? —
Que ne l'évitiez-vous ? c'eût été plus tôt fait :
Si vous, maître et fermier, à qui touche le fait,
Dormez sans avoir soin que la porte soit close,
Voulez-vous que moi, chien, qui n'ai rien à la chose,
Sans aucun intérêt je perde le repos ?

      Ce chien parloit très à propos :
      Son raisonnement pouvoit être
      Fort bon dans la bouche d'un maître ;
      Mais, n'étant que d'un simple chien,
      On trouva qu'il ne valoit rien :
      On vous sangla le pauvre drille.

Toi donc, qui que tu sois, ô père de famille
(Et je ne t'ai jamais envié cet honneur),
T'attendre aux yeux d'autrui quand tu dors, c'est erreur.
Couche-toi le dernier, et vois fermer ta porte.
      Que si quelque affaire t'importe,
      Ne la fais point par procureur.

FABLE IV

Le Songe d'un Habitant du Mogol. *

Jadis certain Mogol vit en songe un vizir
Aux champs élysiens possesseur d'un plaisir
Aussi pur qu'infini , tant en prix qu'en durée :
Le même songeur vit en une autre contrée
     Un ermite entouré de feux ,
Qui touchoit de pitié même les malheureux.
Le cas parut étrange , et contre l'ordinaire :
Minos en ces deux morts sembloit s'être mépris.
Le dormeur s'éveilla , tant il en fut surpris.
Dans ce songe pourtant soupçonnant du mystère ,
    Il se fit expliquer l'affaire.
L'interprète lui dit : Ne vous étonnez point ;
Votre songe a du sens ; et , si j'ai sur ce point
    Acquis tant soit peu d'habitude ,
C'est un avis des dieux. Pendant l'humain séjour,
Ce vizir quelquefois cherchoit la solitude ;
Cet ermite aux vizirs alloit faire sa cour.

* Saadi, *Gulistan , ou l'Empire des roses.* — D'Herbelot.

Si j'osois ajouter au mot de l'interprète,
J'inspirerois ici l'amour de la retraite :
Elle offre à ses amants des biens sans embarras,
Biens purs, présents du ciel, qui naissent sous les pas.
Solitude, où je trouve une douceur secrète,
Lieux que j'aimai toujours, ne pourrai-je jamais,
Loin du monde et du bruit, goûter l'ombre et le frais !
Oh ! qui m'arrêtera sous vos sombres asiles !
Quand pourront les neuf Sœurs, loin des cours et des villes,
M'occuper tout entier, et m'apprendre des cieux
Les divers mouvements inconnus à nos yeux,
Les noms et les vertus de ces clartés errantes
Par qui sont nos destins et nos mœurs différentes !
Que si je ne suis né pour de si grands projets,
Du moins que les ruisseaux m'offrent de doux objets !
Que je peigne en mes vers quelque rive fleurie !
La Parque à filets d'or n'ourdira point ma vie,
Je ne dormirai point sous de riches lambris :
Mais voit-on que le somme en perde de son prix ?
En est-il moins profond, et moins plein de délices ?
Je lui voue au désert de nouveaux sacrifices.
Quand le moment viendra d'aller trouver les morts,
J'aurai vécu sans soins, et mourrai sans remords.

LE LION, LE SINGE ET LES DEUX ÂNES.

Le Lion, le Singe, et les deux Anes.

Le lion, pour bien gouverner,
Voulant apprendre la morale,
Se fit, un beau jour, amener
Le singe, maître-ès-arts chez la gent animale.
La première leçon que donna le régent
Fut celle-ci : Grand roi, pour régner sagement,
    Il faut que tout prince préfère
Le zèle de l'état à certain mouvement
    Qu'on appelle communément
    Amour-propre ; car c'est le père,
    C'est l'auteur de tous les défauts
    Que l'on remarque aux animaux.
Vouloir que de tout point ce sentiment vous quitte,
    Ce n'est pas chose si petite
    Qu'on en vienne à bout en un jour :
C'est beaucoup de pouvoir modérer cet amour.
    Par-là, votre personne auguste

N'admettra jamais rien en soi
De ridicule ni d'injuste,
Donne-moi, repartit le roi,
Des exemples de l'un et l'autre.
Toute espèce, dit le docteur,
Et je commence par la nôtre,
Toute profession s'estime dans son cœur,
Traite les autres d'ignorantes,
Les qualifie impertinentes ;
Et semblables discours qui ne nous coûtent rien.
L'amour-propre, au rebours, fait qu'au degré suprême
On porte ses pareils ; car c'est un bon moyen
De s'élever aussi soi-même.
De tout ce que dessus j'argumente très bien
Qu'ici-bas maint talent n'est que pure grimace,
Cabale, et certain art de se faire valoir,
Mieux su des ignorants que des gens de savoir.

L'autre jour, suivant à la trace
Deux ânes qui, prenant tour à tour l'encensoir,
Se louoient tour à tour, comme c'est la manière,
J'ouïs que l'un des deux disoit à son confrère :
Seigneur, trouvez-vous pas bien injuste et bien sot
L'homme, cet animal si parfait ? Il profane
Notre auguste nom, traitant d'âne
Quiconque est ignorant, d'esprit lourd, idiot :
Il abuse encore d'un mot,
Et traite notre rire et nos discours de braire.
Les humains sont plaisants de prétendre exceller
Par-dessus nous ! Non, non ; c'est à vous de parler,

    A leurs orateurs de se taire :
Voilà les vrais braillards. Mais laissons là ces gens :
    Vous m'entendez, je vous entends ;
    Il suffit. Et quant aux merveilles
Dont votre divin chant vient frapper les oreilles,
Philomèle est, au prix, novice dans cet art ;
Vous surpassez Lambert. L'autre baudet repart :
Seigneur, j'admire en vous des qualités pareilles.
Ces ânes, non contents de s'être ainsi grattés,
    S'en allèrent dans les cités
L'un l'autre se prôner : chacun d'eux croyoit faire,
En prisant ses pareils, une fort bonne affaire,
Prétendant que l'honneur en reviendroit sur lui.

    J'en connois beaucoup aujourd'hui,
Non parmi les baudets, mais parmi les puissances,
Que le ciel voulut mettre en de plus hauts degrés,
Qui changeroient entre eux les simples excellences,
    S'ils osoient, en des majestés.
J'en dis peut-être plus qu'il ne faut, et suppose
Que votre majesté gardera le secret.
Elle avoit souhaité d'aprendre quelque trait
    Qui lui fît voir, entre autre chose,
L'amour-propre donnant du ridicule aux gens.
L'injuste aura son tour : il y faut plus de temps.
Ainsi parla ce singe. On ne m'a pas su dire
S'il traita l'autre point, car il est délicat ;
Et notre maître-ès-arts, qui n'étoit pas un fat,
Regardoit ce lion comme un terrible sire.

FABLE VI

Le Loup et le Renard.*

Mais d'où vient qu'au renard Ésope accorde un point,
C'est d'exceller en tours pleins de matoiserie?
J'en cherche la raison, et ne la trouve point.
Quand le loup a besoin de défendre sa vie,
      Ou d'attaquer celle d'autrui,
      N'en sait-il pas autant que lui?
Je crois qu'il en sait plus; et j'oserois peut-être
Avec quelque raison contredire mon maître.
Voici pourtant un cas où tout l'honneur échut
A l'hôte des terriers. Un soir il aperçut
La lune au fond d'un puits : l'orbiculaire image

* REGNERII, *Apologi Phædrii; Vulpes et Lupus.*

LE LOUP ET LE RENARD.

(LIVRE XI.)

Lui parut un ample fromage.
Deux seaux alternativement
Puisoient le liquide élément :
Notre renard, pressé par une faim canine,
S'accommode en celui qu'au haut de la machine.
L'autre seau tenoit suspendu.
Voilà l'animal descendu,
Tiré d'erreur, mais fort en peine,
Et voyant sa perte prochaine :
Car comment remonter, si quelqu'autre affamé,
De la même image charmé,
Et succédant à sa misère,
Par le même chemin ne le tiroit d'affaire ?
Deux jours s'étoient passés sans qu'aucun vînt au puits.
Le temps, qui toujours marche, avoit pendant deux nuits
Échancré, selon l'ordinaire,
De l'astre au front d'argent la face circulaire.
Sire renard étoit désespéré.
Compère loup, le gosier altéré,
Passe par-là. L'autre dit : Camarade,
Je vous veux régaler : voyez-vous cet objet ?
C'est un fromage exquis. Le dieu Faune l'a fait :
La vache Io donna le lait.
Jupiter, s'il étoit malade,
Reprendroit l'appétit en tâtant d'un tel mets,
J'en ai mangé cette échancrure ;
Le reste vous sera suffisante pâture.
Descendez dans un seau que j'ai là mis exprès.
Bien qu'au moins mal qu'il pût il ajustât l'histoire,
Le loup fut un sot de le croire :

Il descend ; et son poids, emportant l'autre part,
    Reguinde * en haut maître renard.

Ne nous en moquons point : nous nous laissons séduire
    Sur aussi peu de fondement ;
    Et chacun croit fort aisément
    Ce qu'il craint et ce qu'il désire.

* Élève. Terme de fauconnerie.

FABLE VII

Le Paysan du Danube.*

Il ne faut point juger des gens sur l'apparence.
Le conseil en est bon ; mais il n'est pas nouveau.
　　　Jadis l'erreur du souriceau
Me servit à prouver le discours que j'avance :
　　　J'ai, pour le fonder à présent,
Le bon Socrate, Ésope, et certain paysan
Des rives du Danube, homme dont Marc-Aurèle
　　　Nous fait un portrait fort fidèle.
On connoît les premiers : quand à l'autre, voici
　　　Le personnage en raccourci.
Son menton nourrissoit une barbe touffue ;
　　　Toute sa personne velue
Représentoit un ours, mais un ours mal léché :
Sous un sourcil épais il avoit l'œil caché,
Le regard de travers, nez tortu, grosse lèvre,
　　　Portoit sayon de poil de chèvre,
　　　Et ceinture de joncs marins.

* Cassandre, *Parallèles historiques*. — Guevarra, *l'Horloge des princes*.

Cet homme ainsi bâti fut député des villes
Que lave le Danube. Il n'étoit point d'asiles
　　　Où l'avarice des Romains
Ne pénétrât alors, et ne portât les mains.
Le député vint donc, et fit cette harangue :
Romains, et vous sénat assis pour m'écouter,
Je supplie avant tout les dieux de m'assister :
Veuillent les immortels, conducteurs de ma langue,
Que je ne dise rien qui doive être repris !
Sans leur aide, il ne peut entrer dans les esprits
　　　Que tout mal et toute injustice :
Faute d'y recourir, on viole leurs lois.
Témoin nous que punit la romaine avarice :
Rome est, par nos forfaits, plus que par ses exploits,
　　　L'instrument de notre supplice.
Craignez, Romains, craignez que le ciel quelque jour
Ne transporte chez vous les pleurs et la misère ;
Et mettant en nos mains, par un juste retour,
Les armes dont se sert sa vengeance sévère,
　　　Il ne vous fasse, en sa colère,
　　　Nos esclaves à votre tour.
Et pourquoi sommes-nous les vôtres ? Qu'on me die
En quoi vous valez mieux que cent peuples divers.
Quel droit vous a rendus maîtres de l'univers ?
Pourquoi venir troubler une innocente vie ?
Nous cultivions en paix d'heureux champs ; et nos mains
Étoient propres aux arts, ainsi qu'au labourage.
　　　Qu'avez-vous appris aux Germains ?
　　　Ils ont l'adresse et le courage :
　　　S'ils avoient eu l'avidité,

        Comme vous, et la violence,
Peut-être en votre place ils auroient la puissance,
Et sauroient en user sans inhumanité.
Celle que vos préteurs ont sur nous exercée
        N'entre qu'à peine en la pensée.
        La majesté de vos autels
        Elle-même en est offensée ;
        Car sachez que les immortels
Ont les regards sur nous. Grâces à vos exemples,
Ils n'ont devant les yeux que des objets d'horreur,
        De mépris d'eux et de leurs temples',
D'avarice qui va jusques à la fureur.
Rien ne suffit aux gens qui nous viennent de Rome :
        La terre et le travail de l'homme
Font pour les assouvir des efforts superflus.
        Retirez-les : on ne veut plus
        Cultiver pour eux les campagnes.
Nous quittons les cités, nous fuyons aux montagnes ;
        Nous laissons nos chères compagnes ;
Nous ne conversons plus qu'avec des ours affreux,
Découragés de mettre au jour des malheureux,
Et de peupler pour Rome un pays qu'elle opprime.
        Quant à nos enfants déjà nés,
Nous souhaitons de voir leurs jours bientôt bornés :
Vos préteurs au malheur nous font joindre le crime.
    Retirez-les : ils ne nous apprendront
        Que la mollesse et que le vice ;
        Les Germains comme eux deviendront
        Gens de rapine et d'avarice.
C'est tout ce que j'ai vu dans Rome à mon abord.

N'a-t-on point de présent à faire,
Point de pourpre à donner ; c'est en vain qu'on espère
Quelque refuge aux lois : encor leur ministère
A-t-il mille longueurs. Ce discours, un peu fort,
Doit commencer à vous déplaire.
Je finis. Punissez de mort
Une plainte un peu trop sincère.
A ces mots, il se couche ; et chacun étonné
Admire le grand cœur, le bon sens, l'éloquence
Du sauvage ainsi prosterné.
On le créa patrice ; et ce fut la vengeance
Qu'on crut qu'un tel discours méritoit. On choisit
D'autres préteurs ; et par écrit
Le sénat demanda ce qu'avoit dit cet homme,
Pour servir de modèle aux parleurs à venir.
On ne sut pas long-temps à Rome
Cette éloquence entretenir.

LE VIEILLARD ET LES TROIS JEUNES HOMMES.

Le Vieillard et les trois jeunes Hommes. *

Un octogénaire plantoit.
Passe encor de bâtir, mais planter à cet âge !
Disoient trois jouvenceaux, enfants du voisinage :
Assurément il radotoit.

Car, au nom des dieux, je vous prie,
Quel fruit de ce labeur pouvez-vous recueillir ?
Autant qu'un patriarche il vous faudroit vieillir.

A quoi bon charger votre vie
Des soins d'un avenir qui n'est pas fait pour vous ?
Ne songez désormais qu'à vos erreurs passées ;
Quittez le long espoir et les vastes pensées ;
Tout cela ne convient qu'à nous.

Il ne convient pas à vous-mêmes,
Repartit le vieillard. Tout établissement
Vient tard, et dure peu. La main des Parques blêmes
De vos jours et des miens se joue également.

* Abstemius, 167, *de Viro decrepito arbores inserente.*

Nos termes sont pareils par leur courte durée.
Qui de nous des clartés de la voûte azurée
Doit jouir le dernier? Est-il aucun moment
Qui vous puisse assurer d'un second seulement?
Mes arrière-neveux me devront cet ombrage :
    Eh bien! défendez-vous au sage
De se donner des soins pour le plaisir d'autrui?
Cela même est un fruit que je goûte aujourd'hui :
J'en puis jouir demain, et quelques jours encore ;
    Je puis enfin compter l'aurore
    Plus d'une fois sur vos tombeaux.
Le vieillard eut raison : l'un des trois jouvenceaux
Se noya dès le port, allant à l'Amérique ;
L'autre, afin de monter aux grandes dignités,
Dans les emplois de Mars servant la république,
Par un coup imprévu vit ses jours emportés ;
    Le troisième tomba d'un arbre
    Que lui-même il voulut enter ;
Et, pleurés du vieillard, il grava sur leur marbre
    Ce que je viens de raconter.

LES SOURIS ET LE CHAT-HUANT.

Les Souris et le Chat-Huant.

Il ne faut jamais dire aux gens :
Écoutez un bon mot, oyez une merveille.
    Savez-vous si les écoutants
En feront une estime à la vôtre pareille ?
Voici pourtant un cas qui peut être excepté :
Je le maintiens prodige, et tel que d'une fable
Il a l'air et les traits, encor que véritable.

On abattit un pin pour son antiquité,
Vieux palais d'un hibou, triste et sombre retraite
De l'oiseau qu'Atropos prend pour son interprète.
Dans son tronc caverneux, et miné par le temps,
    Logeoient, entre autres habitants,
Force souris sans pieds, toutes rondes de graisse.
L'oiseau les nourrissoit parmi des tas de blé,
Et de son bec avoit leur troupeau mutilé.
Cet oiseau raisonnoit : il faut qu'on le confesse.
En son temps, aux souris le compagnon chassa :
Les premières qu'il prit du logis échappées,

Pour y remédier, le drôle estropia
Tout ce qu'il prit ensuite ; et leurs jambes coupées
Firent qu'il les mangeoit à sa commodité,
    Aujourd'hui l'une, et demain l'autre.
Tout manger à la fois, l'impossibilité
S'y trouvoit, joint aussi le soin de sa santé.
Sa prévoyance alloit aussi loin que la nôtre :
    Elle alloit jusqu'à leur porter
    Vivres et grains pour subsister.
    Puis, qu'un cartésien s'obstine
A traiter ce hibou de monstre et de machine !
    Quel ressort lui pouvoit donner
Le conseil de tronquer un peuple mis en mue ?
    Si ce n'est pas là raisonner,
    La raison m'est chose inconnue.
    Voyez que d'arguments il fit :
    Quand ce peuple est pris, il s'enfuit ;
Donc il faut le croquer aussitôt qu'on le happe.
Tout ! il est impossible. Et puis pour le besoin
N'en dois-je pas garder ? Donc il faut avoir soin
    De le nourrir sans qu'il échappe.
Mais comment ? Otons-lui les pieds. Or, trouvez-moi
Chose par les humains à sa fin mieux conduite !
Quel autre art de penser Aristote et sa suite
    Enseignent-ils, par votre foi ?

Ceci n'est point une fable; et la chose, quoique merveilleuse et presque incroyable, est véritablement arrivée. J'ai peut-être porté trop loin la prévoyance de ce hibou ; car je ne prétends pas établir dans les bêtes un progrès de raisonnement tel que celui-ci : mais ces exagérations sont permises à la poésie, surtout dans la manière d'écrire dont je me sers.

C'est ainsi que ma muse, aux bords d'une onde pure,
　　Traduisoit en langue des dieux
　　Tout ce que disent sous les cieux
Tant d'êtres empruntants la voix de la nature.
　　Truchement de peuples divers,
Je les faisois servir d'acteurs en mon ouvrage :
　　Car tout parle dans l'univers ;
　　Il n'est rien qui n'ait son langage.
Plus éloquents chez eux qu'ils ne sont dans mes vers,
Si ceux que j'introduis me trouvent peu fidèle,
Si mon œuvre n'est pas un assez bon modèle,
　　J'ai du moins ouvert le chemin :
D'autres pourront y mettre une dernière main.
Favoris des neuf Sœurs, achevez l'entreprise :
Donnez mainte leçon que j'ai sans doute omise ;
Sous ces inventions il faut l'envelopper.
Mais vous n'avez que trop de quoi vous occuper :
Pendant le doux emploi de ma muse innocente,
Louis dompte l'Europe ; et, d'une main puissante,

Il conduit à leur fin les plus nobles projets
  Qu'ait jamais formés un monarque.
Favoris des neuf Sœurs, ce sont là des sujets
  Vainqueurs du Temps et de la Parque.

FIN DU LIVRE ONZIÈME.

LIVRE 12

A MGR LE DUC DE BOURGOGNE.

JE ne puis employer, pour mes fables, de protection qui me soit plus glorieuse que la vôtre. Ce goût exquis et ce jugement si solide que vous faites paroître dans toutes choses au-delà d'un âge où à peine les autres princes sont-ils touchés de ce qui les environne avec le plus d'éclat; tout cela, joint au devoir de vous obéir et à la passion de vous plaire, m'a obligé de vous présenter un ouvrage dont l'original a été l'admiration de tous les siècles, aussi bien que celle de tous les sages. Vous m'avez même ordonné de continuer; et, si vous me permettez de le dire, il y a des sujets dont je vous suis redevable, et où vous avez jeté des graces qui ont été admirées de tout le monde. Nous n'avons plus besoin de consulter ni Apollon ni les Muses, ni aucune des divinités du Parnasse : elles se rencontrent toutes dans les présents que vous a faits la nature, et dans cette science de bien juger les ouvrages de l'esprit, à quoi vous joignez déjà celle de connoître toutes les règles qui y conviennent. Les fables d'Ésope sont une ample matière pour ces talents; elles embrassent toutes sortes d'évènements et de caractères. Ces mensonges sont proprement une manière d'histoire où on ne flatte personne. Ce ne sont pas choses

de peu d'importance que ces sujets : les animaux sont
les précepteurs des hommes dans mon ouvrage. Je ne
m'étendrai pas davantage là-dessus : vous voyez mieux que
moi le profit qu'on en peut tirer. Si vous vous connoissez
maintenant en orateurs et en poëtes, vous vous connoî-
trez encore mieux quelque jour en bons politiques et en
bons généraux d'armée; et vous vous tromperez aussi peu
au choix des personnes qu'au mérite des actions. Je ne
suis pas d'un âge à espérer d'en être témoin. Il faut que
je me contente de travailler sous vos ordres. L'envie de
vous plaire me tiendra lieu d'une imagination que les
ans ont affoiblie : quand vous souhaiterez quelque fable,
je la trouverai dans ce fonds-là. Je voudrois bien que vous
y pussiez trouver des louanges dignes du monarque qui
fait maintenant le destin de tant de peuples et de nations, et qui rend toutes les parties du monde attentives
à ses conquêtes, à ses victoires, et à la paix qui semble
se rapprocher, et dont il impose les conditions avec
toute la modération que peuvent souhaiter nos ennemis.
Je me le figure comme un conquérant qui veut mettre
des bornes à sa gloire et à sa puissance, et de qui on pourroit dire, à meilleur titre qu'on ne l'a dit d'Alexandre,
qu'il va tenir les états de l'univers, en obligeant les ministres de tant de princes de s'assembler pour terminer
une guerre qui ne peut être que ruineuse à leurs maîtres.
Ce sont des sujets au-dessus de nos paroles : je les laisse
à de meilleures plumes que la mienne; et suis avec un
profond respect,

MONSEIGNEUR,

Votre très humble, très obéissant, et très fidèle serviteur,

DE LA FONTAINE.

FABLE PREMIÈRE.

Les Compagnons d'Ulysse. *

A MONSEIGNEUR LE DUC DE BOURGOGNE.

RINCE, l'unique objet du soin des immortels,
Souffrez que mon encens parfume vos autels.
Je vous offre un peu tard ces présents de ma muse :
Les ans et les travaux me serviront d'excuse.
Mon esprit diminue, au lieu qu'à chaque instant
On aperçoit le vôtre aller en augmentant :
Il ne va pas, il court, il semble avoir des ailes.
Le héros dont il tient des qualités si belles

* Plutarque, *OEuvres Morales.* — Machiavelli, *Asino d'oro.* —
Giovan-Battista Gello, *la Circe.*

Dans le métier de Mars brûle d'en faire autant :
Il ne tient pas à lui que, forçant la victoire,
    Il ne marche à pas de géant
    Dans la carrière de la gloire.
Quelque dieu le retient : c'est notre souverain,
Lui qu'un mois a rendu maître et vainqueur du Rhin.
Cette rapidité fut alors nécessaire ;
Peut-être elle seroit aujourd'hui téméraire.
Je m'en tais : aussi bien les Ris et les Amours
Ne sont pas soupçonnés d'aimer les longs discours.
De ces sortes de dieux votre cour se compose :
Ils ne vous quittent point. Ce n'est pas qu'après tout
D'autres divinités n'y tiennent le haut bout :
Le Sens et la Raison y règlent toute chose.
Consultez ces derniers sur un fait où les Grecs,
    Imprudents et peu circonspects,
    S'abandonnèrent à des charmes
Qui métamorphosoient en bêtes les humains.

Les compagnons d'Ulysse, après dix ans d'alarmes,
Erroient au gré du vent, de leur sort incertains.
    Ils abordèrent un rivage
    Où la fille du dieu du jour,
    Circé, tenoit alors sa cour.
    Elle leur fit prendre un breuvage
Délicieux, mais plein d'un funeste poison.
    D'abord ils perdent la raison ;
Quelques moments après leur corps et leur visage
Prennent l'air et les traits d'animaux différents :
Les voilà devenus ours, lions, éléphants ;

Les uns sous une masse énorme,
Les autres sous une autre forme.
Il s'en vit de petits ; EXEMPLUM, UT TALPA.
Le seul Ulysse en échappa ;
Il sut se défier de la liqueur traîtresse.
Comme il joignoit à la sagesse
La mine d'un héros et le doux entretien,
Il fit tant que l'enchanteresse
Prit un autre poison peu différent du sien.
Une déesse dit tout ce qu'elle a dans l'ame :
Celle–ci déclara sa flamme.
Ulysse étoit trop fin pour ne pas profiter
D'une pareille conjoncture :
Il obtint qu'on rendroit à ses Grecs leur figure.
Mais la voudront-ils bien, dit la nymphe, accepter ?
Allez le proposer de ce pas à la troupe.
Ulysse y court, et dit : L'empoisonneuse coupe
A son remède encore ; et je viens vous l'offrir :
Chers amis, voulez-vous hommes redevenir ?
On vous rend déjà la parole.
Le lion dit, pensant rugir :
Je n'ai pas la tête si folle ;
Moi renoncer aux dons que je viens d'acquérir !
J'ai griffe et dents, et mets en pièces qui m'attaque.
Je suis roi : deviendrai-je un citadin d'Ithaque !
Tu me rendras peut–être encor simple soldat :
Je ne veux point changer d'état.
Ulysse du lion court à l'ours : Eh ! mon frère,
Comme te voilà fait ! je t'ai vu si joli !
Ah ! vraiment nous y voici,

Reprit l'ours à sa manière :

Comme me voilà fait ! comme doit être un ours.

Qui t'a dit qu'une forme est plus belle qu'une autre?

Est-ce à la tienne à juger de la nôtre?

Je me rapporte aux yeux d'une ourse mes amours.

Te déplais-je? va-t'en ; suis ta route, et me laisse.

Je vis libre, content, sans nul soin qui me presse ;

Et te dis tout net et tout plat :

Je ne veux point changer d'état.

Le prince grec au loup va proposer l'affaire ;

Il lui dit, au hasard d'un semblable refus :

Camarade, je suis confus

Qu'une jeune et belle bergère

Conte aux échos les appétits gloutons

Qui t'ont fait manger ses moutons.

Autrefois on t'eût vu sauver sa bergerie :

Tu menois une honnête vie.

Quitte ces bois, et redevien,

Au lieu de loup, homme de bien.

En est-il? dit le loup : pour moi, je n'en vois guère.

Tu t'en viens me traiter de bête carnassière ;

Toi qui parles, qu'es-tu? N'auriez-vous pas, sans moi,

Mangé ces animaux que plaint tout le village?

Si j'étois homme, par ta foi,

Aimerois-je moins le carnage?

Pour un mot quelquefois vous vous étranglez tous :

Ne vous êtes-vous pas l'un à l'autre des loups?

Tout bien considéré, je te soutiens en somme

Que, scélérat pour scélérat,

Il vaut mieux être un loup qu'un homme.

Je ne veux point changer d'état.
Ulysse fit à tous une même semonce ;
   Chacun d'eux fit même réponse,
   Autant le grand que le petit.
La liberté, les bois, suivre leur appétit,
   C'étoit leurs délices suprèmes :
Tous renonçoient au lôs des belles actions.
Ils croyoient s'affranchir suivants leurs passions,
   Ils étoient esclaves d'eux-mêmes.

Prince, j'aurois voulu vous choisir un sujet
Où je pusse mêler le plaisant à l'utile :
   C'étoit sans doute un beau projet,
   Si ce choix eût été facile.
Les compagnons d'Ulysse enfin se sont offerts :
Ils ont force pareils en ce bas univers,
   Gens à qui j'impose pour peine
   Votre censure et votre haine.

FABLE II

Le Chat et les deux Moineaux. *

A MONSEIGNEUR LE DUC DE BOURGOGNE.

Un chat, contemporain d'un fort jeune moineau,
Fut logé près de lui dès l'âge du berceau :
La cage et le panier avoient mêmes pénates.
Le chat étoit souvent agacé par l'oiseau :
L'un s'escrimoit du bec, l'autre jouoit des pattes.
Ce dernier toutefois épargnoit son ami,
  Ne le corrigeant qu'à demi :
  Il se fût fait un grand scrupule
  D'armer de pointes sa férule.
  Le passereau, moins circonspec,
  Lui donnoit force coups de bec.
  En sage et discrète personne,
  Maître chat excusoit ces jeux :
Entre amis, il ne faut jamais qu'on s'abandonne

 * Baïf, *Mimes et enseignements.*

LE CHAT ET LES DEUX MOINEAUX.

Aux traits d'un courroux sérieux.
Comme ils se connoissoient tous deux dès leur bas âge,
Une longue habitude en paix les maintenoit ;
Jamais en vrai combat le jeu ne se tournoit :
    Quand un moineau du voisinage
S'en vint les visiter, et se fit compagnon
Du pétulant Pierrot et du sage Raton.
Entre les deux oiseaux il arriva querelle ;
    Et Raton de prendre parti.
Cet inconnu, dit-il, nous la vient donner belle,
    D'insulter ainsi notre ami !
Le moineau du voisin viendra manger le nôtre !
Non, de par tous les chats ! Entrant lors au combat,
Il croque l'étranger. Vraiment, dit maître chat,
Les moineaux ont un goût exquis et délicat !
Cette réflexion fit aussi croquer l'autre.

Quelle morale puis-je inférer de ce fait ?
Sans cela, toute fable est un œuvre imparfait.
J'en crois voir quelques traits ; mais leur ombre m'abuse.
Prince, vous les aurez incontinent trouvés :
Ce sont des jeux pour vous, et non point pour ma muse :
Elle et ses sœurs n'ont pas l'esprit que vous avez.

FABLE III

Du Thésauriseur et du Singe. *

Un homme accumuloit. On sait que cette erreur
    Va souvent jusqu'à la fureur.
Celui-ci ne songeoit que ducats et pistoles.
Quand ces biens sont oisifs, je tiens qu'ils sont frivoles.
    Pour sûreté de son trésor,
Notre avare habitoit un lieu dont Amphitrite
Défendoit aux voleurs de toutes parts l'abord.
Là, d'une volupté selon moi fort petite,
Et selon lui fort grande, il entassoit toujours :
    Il passoit les nuits et les jours
A compter, calculer, supputer sans relâche.
Calculant, supputant, comptant comme à la tâche ;
Car il trouvoit toujours du mécompte à son fait.
Un gros singe, plus sage, à mon sens, que son maître,

* Tristan l'ermite, *Histoire d'un Singe qu'on appeloit maistre Robert.*

LE THÉSAURISEUR ET LE SINGE.

Jetoit quelque doublon toujours par la fenêtre ,
    Et rendoit le compte imparfait :
    La chambre , bien cadenassée ,
Permettoit de laisser l'argent sur le comptoir.
Un beau jour dom Bertrand se mit dans la pensée
D'en faire un sacrifice au liquide manoir.
    Quant à moi , lorsque je compare
Les plaisirs de ce singe à ceux de cet avare ,
Je ne sais bonnement auxquels donner le prix :
Dom Bertrand gagneroit près de certains esprits ;
Les raisons en seroient trop longues à déduire.
Un jour donc l'animal , qui ne songeoit qu'à nuire ,
Détachoit du monceau tantôt quelque doublon ,
    Un jacobus , un ducaton ,
    Et puis quelque noble à la rose ,
Éprouvoit son adresse et sa force à jeter
Ces morceaux de métal , qui se font souhaiter
    Par les humains sur toute chose.
S'il n'avoit entendu son compteur à la fin
    Mettre la clef dans la serrure ,
Les ducats auroient tous pris le même chemin ,
    Et couru la même aventure ;
Il les auroit fait tous voler jusqu'au dernier
Dans le gouffre enrichi par maint et maint naufrage.

Dieu veuille préserver maint et maint financier
    Qui n'en fait pas meilleur usage !

FABLE IV

Les deux Chèvres. *

Dès que les chèvres ont brouté ,
Certain esprit de liberté
Leur fait chercher fortune : elles vont en voyage
Vers les endroits du pâturage
Les moins fréquentés des humains :
Là, s'il est quelque lieu sans route et sans chemins,
Un rocher, quelque mont pendant en précipices,
C'est où ces dames vont promener leurs caprices.
Rien ne peut arrêter cet animal grimpant.
Deux chèvres donc s'émancipant,
Toutes deux ayant patte blanche,
Quittèrent les bas prés, chacune de sa part :
L'une vers l'autre alloit pour quelque bon hasard.
Un ruisseau se rencontre , et pour pont une planche.

* Le duc de Bourgogne, *thèmes*; dans Robert, *Fables inédites*; *Duæ Capellæ*.

LES DEUX CHÈVRES.

Deux belettes à peine auroient passé de front
        Sur ce pont :
D'ailleurs, l'onde rapide et le ruisseau profond
Devoient faire trembler de peur ces amazones.
Malgré tant de dangers, l'une de ces personnes
Pose un pied sur la planche, et l'autre en fait autant.
Je m'imagine voir, avec Louis le Grand,
      Philippe Quatre qui s'avance
      Dans l'île de la Conférence.
      Ainsi s'avançoient pas à pas,
      Nez à nez, nos aventurières,
      Qui, toutes deux étant fort fières,
Vers le milieu du pont ne se voulurent pas
L'une à l'autre céder. Elles avoient la gloire
De compter dans leur race, à ce que dit l'histoire,
L'une, certaine chèvre, au mérite sans pair,
Dont Polyphême fit présent à Galatée ;
      Et l'autre, la chèvre Amalthée,
      Par qui fut nourri Jupiter.
Faute de reculer, leur chute fut commune :
      Toutes deux tombèrent dans l'eau.

      Cet accident n'est pas nouveau
      Dans le chemin de la fortune.

A MONSEIGNEUR·LE DUC DE BOURGOGNE,

Qui avait demandé à M. de La Fontaine une fable qui fût nommée
le Chat et la Souris.

Pour plaire au jeune prince à qui la Renommée
    Destine un temple en mes écrits,
Comment composerai–je une fable nommée
    Le chat et la souris?

Dois-je représenter dans ces vers une belle,
Qui, douce en apparence, et toutefois cruelle,
Va se jouant des cœurs que ses charmes ont pris
    Comme le chat de la souris?

Prendrai-je pour sujet les jeux de la Fortune?
Rien ne lui convient mieux : et c'est chose commune
Que de lui voir traiter ceux qu'on croit ses amis
    Comme le chat fait la souris.

Introduirai–je un roi qu'entre ses favoris
Elle respecte seul, roi qui fixe sa roue,

Qui n'est point empêché d'un monde d'ennemis,
Et qui des plus puissants, quand il lui plaît, se joue
    Comme le chat de la souris ?

Mais insensiblement, dans le tour que j'ai pris,
Mon dessein se rencontre ; et, si je ne m'abuse,
Je pourrois tout gâter par de plus longs récits :
Le jeune prince alors se joueroit de ma muse
    Comme le chat de la souris.

Le vieux Chat et la jeune Souris. *

Une jeune souris, de peu d'expérience,
Crut fléchir un vieux chat, implorant sa clémence,
Et payant de raisons le Raminagrobis.
    Laissez-moi vivre : une souris
    De ma taille et de ma dépense
    Est-elle à charge en ce logis?
    Affamerois-je, à votre avis,
    L'hôte, l'hôtesse, et tout leur monde?
    D'un grain de blé je me nourris :
    Une noix me rend toute ronde.
A présent je suis maigre ; attendez quelque temps :
Réservez ce repas à messieurs vos enfants.
Ainsi parloit au chat la souris attrapée.
    L'autre lui dit : Tu t'es trompée :
Est–ce à moi que l'on tient de semblables discours?

* Abstemius, 151, *de Vulpe Gallinam incubantem occidere volente.*

Tu gagnerois autant de parler à des sourds.
Chat, et vieux, pardonner ! cela n'arrive guères.
    Selon ces lois, descends là-bas,
    Meurs, et va-t'en, tout de ce pas,
    Haranguer les sœurs filandières :
Mes enfants trouveront assez d'autres repas.
    Il tint parole. Et pour ma fable,
Voici le sens moral qui peut y convenir ;
La jeunesse se flatte, et croit tout obtenir :
    La vieillesse est impitoyable.

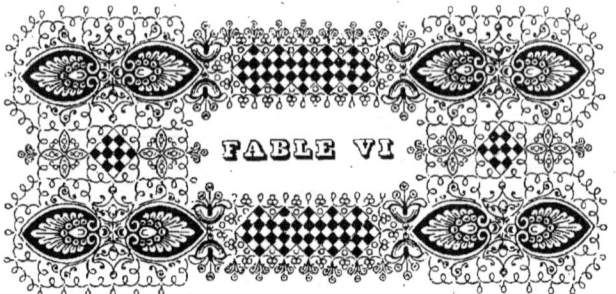

FABLE VI

Le Cerf malade. *

En pays plein de cerfs, un cerf tomba malade.
　　　Incontinent maint camarade
Accourt à son grabat le voir, le secourir,
Le consoler du moins : multitude importune.
　　　Eh ! messieurs, laissez-moi mourir :
　　　Permettez qu'en forme commune
La Parque m'expédie ; et finissez vos pleurs.
　　　Point du tout : les consolateurs
De ce triste devoir tout au long s'acquittèrent,
　　　Quand il plut à Dieu s'en allèrent :
　　　Ce ne fut pas sans boire un coup,
C'est-à-dire sans prendre un droit de pâturage.
Tout se mit à brouter les bois du voisinage.

* Desmays, l'Ésope françois. — Lokman, la Gazelle.

LE CERF MALADE.

La pitance du cerf en déchut de beaucoup.
  Il ne trouva plus rien à frire :
  D'un mal il tomba dans un pire,
  Et se vit réduit à la fin
  A jeûner et mourir de faim.
  Il en coûte à qui vous réclame :
  Médecins du corps et de l'ame !
  O temps ! ô mœurs ! j'ai beau crier,
  Tout le monde se fait payer.

FABLE VII

La Chauve-Souris, le Buisson, et le Canard. [*]

Le buisson, le canard, et la chauve-souris,
    Voyant tous trois qu'en leur pays
    Ils faisoient petite fortune,
Vont trafiquer au loin, et font bourse commune.
Ils avoient des comptoirs, des facteurs, des agents
    Non moins soigneux qu'intelligents,
Des registres exacts de mise et de recette.
    Tout alloit bien; quand leur emplette,
    En passant par certains endroits
    Remplis d'écueils et fort étroits,
    Et de trajet très difficile,
Alla tout emballée au fond des magasins
    Qui du Tartare sont voisins.
Notre trio poussa maint regret inutile;
    Ou plutôt il n'en poussa point :

[*] Æsop., 124, 42, *Vespertilio, Rubus, et Mergus.*

Le plus petit marchand est savant sur ce point :
Pour sauver son crédit, il faut cacher sa perte.
Celle que, par malheur, nos gens avoient soufferte
Ne put se réparer : le cas fut découvert.
Les voilà sans crédit, sans argent, sans ressource,
  Prêts à porter le bonnet vert.
  Aucun ne leur ouvrit sa bourse.
Et le sort principal, et les gros intérêts,
  Et les sergents, et les procès,
  Et le créancier à la porte
  Dès devant la pointe du jour,
N'occupoient le trio qu'à chercher maint détour
  Pour contenter cette cohorte.
Le buisson accrochoit les passants à tous coups.
Messieurs, leur disoit-il, de grace, apprenez-nous
  En quel lieu sont les marchandises
  Que certains gouffres nous ont prises.
Le plongeon sous les eaux s'en alloit les chercher.
L'oiseau chauve-souris n'osoit plus approcher.
  Pendant le jour nulle demeure :
  Suivi de sergents à toute heure,
  En des trous il s'alloit cacher.

Je connois maint detteur, qui n'est ni souris-chauve,
Ni buisson, ni canard, ni dans tel cas tombé,
Mais simple grand seigneur, qui tous les jours se sauve,
  Par un escalier dérobé.

FABLE VIII

La Querelle des Chiens et des Chats, et celle des Chats et des Souris. *

La Discorde a toujours régné dans l'univers ;
Notre monde en fournit mille exemples divers :
Chez nous cette déesse a plus d'un tributaire.
　　　Commençons par les éléments :
Vous serez étonnés de voir qu'à tous moments
　　　Ils seront appointés contraire.
　　　Outre ces quatre potentats,
　　　Combien d'êtres de tous états
　　　Se font une guerre éternelle !
Autrefois un logis plein de chiens et de chats,
Par cent arrêts rendus en forme solennelle,
　　　Vit terminer tous leurs débats.
Le maître ayant réglé leurs emplois, leurs repas,
Et menacé du fouet quiconque auroit querelle,

---

* Guill. Haudent, *Fables inédites; de la Guerre des Chiens, des Chats et des Souris.*

Ces animaux vivoient entre eux comme cousins.
Cette union si douce, et presque fraternelle,
　　Édifioit tous les voisins.
Enfin elle cessa. Quelque plat de potage,
Quelque os, par préférence, à quelqu'un d'eux donné,
Fit que l'autre parti s'en vint tout forcené
　　Représenter un tel outrage.
J'ai vu des chroniqueurs attribuer le cas
Aux passe-droits qu'avoit une chienne en gésine.
　　Quoi qu'il en soit, cet altercas
Mit en combustion la salle et la cuisine :
Chacun se déclara pour son chat, pour son chien.
On fit un réglement dont les chats se plaignirent,
　　Et tout le quartier étourdirent.
Leur avocat disoit qu'il falloit bel et bien
Recourir aux arrêts. En vain ils les cherchèrent
Dans un coin où d'abord leurs agents les cachèrent :
　　Les souris enfin les mangèrent.
Autre procès nouveau. Le peuple souriquois
En pâtit : maint vieux chat, fin, subtil, et narquois,
Et d'ailleurs en voulant à toute cette race,
　　Les guetta, les prit, fit main basse.
Le maître du logis ne s'en trouva que mieux.

J'en reviens à mon dire. On ne voit sous les cieux
Nul animal, nul être, aucune créature,
Qui n'ait son opposé : c'est la loi de nature.
D'en chercher la raison, ce sont soins superflus.
Dieu fit bien ce qu'il fit, et je n'en sais pas plus.
　　Ce que je sais, c'est qu'aux grosses paroles

II.　　　　　　　　　　　　　　28

On en vient, sur un rien, plus des trois quarts du temps.
Humains, il vous faudroit encore à soixante ans
     Renvoyer chez les barbacoles.*

· Qui porte une longue barbe. Mot emprunté des Italiens.

LE LOUP ET LE RENARD.

(LIVRE XII.)

FABLE IX

Le Loup et le Renard. *

D'où vient que personne en la vie
N'est satisfait de son état ?
Tel voudroit bien être soldat
A qui le soldat porte envie.

Certain renard voulut, dit-on,
Se faire loup. Eh ! qui peut dire
Que pour le métier de mouton
Jamais aucun loup ne soupire ?

Ce qui m'étonne est qu'à huit ans
Un prince en fable ait mis la chose,
Pendant que, sous mes cheveux blancs,
Je fabrique à force de temps
Des vers moins sensés que sa prose.

* Le duc de Bourgogne, *Thèmes*; dans Robert, *Fables inédites*; *Vulpes pœnitens*.

Les traits dans sa fable semés
Ne sont en l'ouvrage du poète
Ni tous ni si bien exprimés :
Sa louange en est plus complète.

De la chanter sur la musette,
C'est mon talent ; mais je m'attends
Que mon héros, dans peu de temps,
Me fera prendre la trompette.

Je ne suis pas un grand prophète,
Cependant je lis dans les cieux
Que bientôt ces faits glorieux
Demanderont plusieurs Homères :
Et ce temps-ci n'en produit guères.
Laissant à part tous ces mystères,
Essayons de conter la fable avec succès.

Le renard dit au loup : Notre cher, pour tout mets
J'ai souvent un vieux coq, ou de maigres poulets :
   C'est une viande qui me lasse.
Tu fais meilleure chère avec moins de hasard :
J'approche des maisons ; tu te tiens à l'écart.
Apprends-moi ton métier, camarade, de grace ;
   Rends-moi le premier de ma race
Qui fournisse son croc de quelque mouton gras :
Tu ne me mettras point au nombre des ingrats.
Je le veux, dit le loup : il m'est mort un mien frère ;
Allons prendre sa peau, tu t'en revêtiras.
Il vint ; et le loup dit : Voici comme il faut faire,

Si tu veux écarter les mâtins du troupeau.
        Le renard, ayant mis la peau,
Répétoit les leçons que lui donnoit son maître.
D'abord il s'y prit mal, puis un peu mieux, puis bien ;
        Puis enfin il n'y manqua rien.
A peine il fut instruit autant qu'il pouvoit l'être,
Qu'un troupeau s'approcha. Le nouveau loup y court,
Et répand la terreur dans les lieux d'alentour.
        Tel, vêtu des armes d'Achille,
Patrocle mit l'alarme au camp et dans la ville :
Mères, brus, et vieillards, au temple couroient tous.
L'ost du peuple bêlant crut voir cinquante loups :
Chien, berger, et troupeau, tout fuit vers le village,
Et laisse seulement une brebis pour gage.
Le larron s'en saisit. A quelques pas de là
Il entendit chanter un coq du voisinage.
Le disciple aussitôt droit au coq s'en alla,
        Jetant bas sa robe de classe,
Oubliant les brebis, les leçons, le régent,
        Et courant d'un pas diligent.

        Que sert-il qu'on se contrefasse ?
Prétendre ainsi changer est une illusion :
        L'on reprend sa première trace
        A la première occasion.

    De votre esprit, que nul autre n'égale,
Prince, ma muse tient tout entier ce projet :
        Vous m'avez donné le sujet,
        Le dialogue, et la morale.

FABLE X

L'Écrevisse et sa Fille. *

Les sages quelquefois, ainsi que l'écrevisse,
Marchent à reculons, tournent le dos au port.
C'est l'art des matelots : c'est aussi l'artifice
De ceux qui, pour couvrir quelque puissant effort,
Envisagent un point directement contraire,
Et font vers ce lieu-là courir leur adversaire.
Mon sujet est petit, cet accessoire est grand :
Je pourrois l'appliquer à certain conquérant
Qui tout seul déconcerte une ligue à cent têtes.
Ce qu'il n'entreprend pas, et ce qu'il entreprend,
N'est d'abord qu'un secret, puis devient des conquêtes.
En vain l'on a les yeux sur ce qu'il veut cacher,
Ce sont arrêts du Sort qu'on ne peut empêcher :
Le torrent à la fin devient insurmontable.
Cent dieux sont impuissants contre un seul Jupiter.

* Æsop., 205, *Cancer et Mater.* — Aphton., XI, *fabula Cancri, monens ne
suadeantur impossibilia.*

L'ÉCREVISSE ET LA FILLE.

Louis et le Destin me semblent de concert
Entraîner l'univers. Venons à notre fable.

Mère écrevisse un jour à sa fille disoit :
Comme tu vas, bon Dieu ! ne peux-tu marcher droit ?
Et comme vous allez vous-même ! dit la fille :
Puis-je autrement marcher que ne fait ma famille ?
Veut-on que j'aille droit quand on y va tortu ?

    Elle avoit raison : la vertu
    De tout exemple domestique
    Est universelle, et s'applique
En bien, en mal, en tout ; fait des sages, des sots ;
Beaucoup plus de ceux-ci. Quant à tourner le dos
A son but, j'y reviens ; la méthode en est bonne,
    Surtout au métier de Bellone :
    Mais il faut le faire à propos.

FABLE XI

L'Aigle et la Pie. *

L'aigle, reine des airs, avec Margot la pie,
Différentes d'humeur, de langage, et d'esprit,
        Et d'habit,
    Traversoient un bout de prairie.
Le hasard les assemble en un coin détourné.
L'agace eut peur ; mais l'aigle, ayant fort bien dîné,
La rassure, et lui dit : Allons de compagnie ;
Si le maître des dieux assez souvent s'ennuie,
    Lui qui gouverne l'univers,
J'en puis bien faire autant, moi qu'on sait qui le sers.
Entretenez-moi donc, et sans cérémonie.
Caquet-bon-bec alors de jaser au plus dru,
Sur ceci, sur cela, sur tout. L'homme d'Horace,
Disant le bien, le mal, à travers champs, n'eût su

* Abstemius, 26, de Aquilá et Picá.

L'AIGLE ET LA PIE.

Ce qu'en fait de babil y savoit notre agace.
Elle offre d'avertir de tout ce qui se passe,
  Sautant, allant de place en place,
Bon espion, Dieu sait. Son offre ayant déplu,
  L'aigle lui dit tout en colère :
  Ne quittez point votre séjour,
Caquet-bon-bec, ma mie : adieu ; je n'ai que faire
  D'une babillarde à ma cour :
  C'est un fort méchant caractère.
  Margot ne demandoit pas mieux.

Ce n'est pas ce qu'on croit que d'entrer chez les dieux :
Cet honneur a souvent de mortelles angoisses.
Rediseurs, espions, gens à l'air gracieux,
Au cœur tout différent, s'y rendent odieux :
Quoique ainsi que la pie il faille dans ces lieux
  Porter habit de deux paroisses.

Le Milan, Le Roi, et le Chasseur.

A S. A. S. MONSEIGNEUR LE PRINCE DE CONTI.

Comme les dieux sont bons, ils veulent que les rois
    Le soient aussi : c'est l'indulgence
    Qui fait le plus beau de leurs droits,
    Non les douceurs de la vengeance:
Prince, c'est votre avis. On sait que le courroux
S'éteint en votre cœur sitôt qu'on l'y voit naître.
Achille, qui du sien ne put se rendre maître,
    Fut par-là moins héros que vous.
Ce titre n'appartient qu'à ceux d'entre les hommes
Qui, comme en l'âge d'or, font cent biens ici-bas.
Peu de grands sont nés tels en cet âge où nous sommes :
L'univers leur sait gré du mal qu'ils ne font pas.
    Loin que vous suiviez ces exemples,
Mille actes généreux vous promettent des temples.
Apollon, citoyen de ces augustes lieux,

Prétend y célébrer votre nom sur sa lyre.
Je sais qu'on vous attend dans le palais des dieux :
Un siècle de séjour doit ici vous suffire.
Hymen veut séjourner tout un siècle chez vous.
    Puissent ses plaisirs les plus doux
      Vous composer des destinées
      Par ce temps à peine bornées !
Et la princesse et vous n'en méritez pas moins.
      J'en prends ses charmes pour témoins ;
      Pour témoins j'en prends les merveilles
Par qui le ciel, pour vous prodigue en ses présents,
De qualités qui n'ont qu'en vous seul leurs pareilles
      Voulut orner vos jeunes ans.
Bourbon de son esprit ses graces assaisonne :
      Le ciel joignit en sa personne
      Ce qui sait se faire estimer
      A ce qui sait se faire aimer :
Il ne m'appartient pas d'étaler votre joie ;
      Je me tais donc, et vais rimer
      Ce que fit un oiseau de proie.

Un milan, de son nid antique possesseur,
      Étant pris vif par un chasseur,
D'en faire au prince un don cet homme se propose.
La rareté du fait donnoit prix à la chose.
L'oiseau, par le chasseur humblement présenté,
      Si ce conte n'est apocryphe,
      Va tout droit imprimer sa griffe
      Sur le nez de sa majesté. —
Quoi ! sur le nez du roi ! — Du roi même en personne. —

Il n'avoit donc alors ni sceptre ni couronne ? —
Quand il en auroit eu, c'auroit été tout un :
Le nez royal fut pris comme un nez du commun.
Dire des courtisans les clameurs et la peine
Seroit se consumer en efforts impuissants.
Le roi n'éclata point : les cris sont indécents
    A la majesté souveraine.
L'oiseau garda son poste : on ne put seulement
    Hâter son départ d'un moment.
Son maître le rappelle, et crie, et se tourmente,
Lui présente le leurre et le poing, mais en vain.
    On crut que jusqu'au lendemain
Le maudit animal à la serre insolente
    Nicheroit là malgré le bruit,
Et sur le nez sacré voudroit passer la nuit.
Tâcher de l'en tirer irritoit son caprice.
Il quitte enfin le roi, qui dit : Laissez aller
Ce milan, et celui qui m'a cru régaler.
Ils se sont acquittés tous deux de leur office,
L'un en milan, et l'autre en citoyen des bois :
Pour moi, qui sais comment doivent agir les rois,
    Je les affranchis du supplice.
Et la cour d'admirer. Les courtisans ravis
Élèvent de tels faits, par eux si mal suivis :
Bien peu, même des rois, prendroient un tel modèle ;
    Et le veneur l'échappa belle ;
Coupable seulement, tant lui que l'animal,
D'ignorer le danger d'approcher trop du maître :
    Ils n'avoient appris à connoître
Que les hôtes des bois ; étoit-ce un si grand mal ?

Pilpay fait près du Gange arriver l'aventure.
    Là, nulle humaine créature
Ne touche aux animaux pour leur sang épancher :
Le roi même feroit scrupule d'y toucher.
Savons-nous, disent-ils, si cet oiseau de proie
    N'étoit point au siége de Troie?
Peut-être y tint-il lieu d'un prince ou d'un héros
    Des plus huppés et des plus hauts :
Ce qu'il fut autrefois il pourra l'être encore.
    Nous croyons, après Pythagore,
Qu'avec les animaux de forme nous changeons ;
    Tantôt milans, tantôt pigeons,
    Tantôt humains, puis volatilles*
    Ayant dans les airs leurs familles.
    Comme l'on conte en deux façons
L'accident du chasseur, voici l'autre manière.

Un certain fauconnier ayant pris, ce dit-on,
A la chasse un milan (ce qui n'arrive guère),
    En voulut au roi faire un don,
    Comme de chose singulière :
Ce cas n'arrive pas quelquefois en cent ans ;
C'est le *non plus ultra* de la fauconnerie.
Ce chasseur perce donc un gros de courtisans,
Plein de zèle, échauffé, s'il le fut de sa vie.
    Par ce parangon des présents
    Il croyoit sa fortune faite :

---

* C'est évidemment pour la rime que La Fontaine a modifié ainsi le mot *volatile*.

Quand l'animal porte-sonnette,
Sauvage encore et tout grossier,
Avec ses ongles tout d'acier,
Prend le nez du chasseur, happe le pauvre sire.
Lui de crier; chacun de rire,
Monarque et courtisans. Qui n'eût ri? Quant à moi,
Je n'en eusse quitté ma part pour un empire.
Qu'un pape rie, en bonne foi,
Je ne l'ose assurer; mais je tiendrois un roi
Bien malheureux, s'il n'osoit rire :
C'est le plaisir des dieux. Malgré son noir sourci,
Jupiter et le peuple immortel rit aussi.
Il en fit des éclats, à ce que dit l'histoire,
Quand Vulcain, clopinant, lui vint donner à boire.
Que le peuple immortel se montrât sage, ou non,
J'ai changé mon sujet avec juste raison;
Car, puisqu'il s'agit de morale,
Que nous eût du chasseur l'aventure fatale
Enseigné de nouveau? L'on a vu de tout temps
Plus de sots fauconniers que de rois indulgents.

LE RENARD, LES MOUCHES ET LE HÉRISSON.

FABLE XIII

Le Renard, les Mouches, et le Hérisson. *

Aux traces de son sang un vieux hôte des bois,
    Renard fin, subtil, et matois,
Blessé par des chasseurs, et tombé dans la fange,
Autrefois attira ce parasite ailé
    Que nous avons mouche appelé.
Il accusoit les dieux, et trouvoit fort étrange
Que le Sort à tel point le voulût affliger,
    Et le fît aux mouches manger.
Quoi ! se jeter sur moi, sur moi le plus habile
    De tous les hôtes des forêts !
Depuis quand les renards sont–ils un si bon mets ?
Et que me sert ma queue ? est–ce un poids inutile ?
Va, le ciel te confonde, animal importun !

---

* Æsop., *apud Aristotel. rhetoricor.*, lib. II, cap. xx. — *Fabulæ Æsopicæ*
384, *Vulpes et Erinaceus.* — Philibert Hégemon, fab. xix. — Le duc de Bourgogne (manuscrits de la bibliothèque du Roi, n. 8511, fol. 119; imprimé dans
Robert, *Fables inédites*, t. II, p. 352.)

Que ne vis-tu sur le commun !
Un hérisson du voisinage,
Dans mes vers nouveau personnage,
Voulut le délivrer de l'importunité
Du peuple plein d'avidité :
Je les vais de mes dards enfiler par centaines,
Voisin renard, dit-il, et terminer tes peines.
Garde-t'en bien, dit l'autre ; ami, ne le fais pas :
Laisse-les, je te prie, achever leur repas.
Ces animaux sont soûls ; une troupe nouvelle
Viendroit fondre sur moi, plus âpre et plus cruelle.

Nous ne trouvons que trop de mangeurs ici-bas :
Ceux-ci sont courtisans, ceux-là sont magistrats.
Aristote appliquoit cet apologue aux hommes.
Les exemples en sont communs,
Surtout au pays où nous sommes.
Plus telles gens sont pleins, moins ils sont importuns.

FABLE XIV

L'Amour et la Folie.[*]

Tout est mystère dans l'Amour,
Ses flèches, son carquois, son flambeau, son enfance :
    Ce n'est pas l'ouvrage d'un jour
    Que d'épuiser cette science.
Je ne prétends donc point tout expliquer ici :
Mon but est seulement de dire, à ma manière,
    Comment l'aveugle que voici
(C'est un dieu), comment, dis-je, il perdit la lumière,
Quelle suite eut ce mal, qui peut-être est un bien ;
J'en fais juge un amant, et ne décide rien.
La Folie et l'Amour jouoient un jour ensemble :
Celui-ci n'étoit pas encor privé des yeux.
Une dispute vint : l'Amour veut qu'on assemble
    Là-dessus le conseil des dieux ;
    L'autre n'eut pas la patience ;

[*] Commire, 6, *Dementia Amorem ducens.* — Louise Labbé, *OEuvres*, édit. 1762
p. 1 à 102 : *Débat de l'amour et de la Folie.*

                                                            30

Elle lui donne un coup si furieux,
    Qu'il en perd la clarté des cieux.
    Vénus en demande vengeance.
Femme et mère, il suffit pour juger de ses cris :
    Les dieux en furent étourdis,
    Et Jupiter, et Némésis,
Et les juges d'enfer, enfin toute la bande.
Elle représenta l'énormité du cas ;
Son fils, sans un bâton, ne pouvoit faire un pas :
Nulle peine n'étoit pour ce crime assez grande :
Le dommage devoit être aussi réparé.

    Quand on eut bien considéré
L'intérêt du public, celui de la partie,
Le résultat enfin de la suprême cour
    Fut de condamner la Folie
    A servir de guide à l'Amour.

LE CORBEAU, LA GAZELLE,
LA TORTUE ET LE RAT.

FABLE XV

Le Corbeau, la Gazelle, la Tortue, et le Rat.*

A MADAME DE LA SABLIÈRE.

Je vous gardois un temple dans mes vers :
Il n'eût fini qu'avecque l'univers.
Déjà ma main en fondoit la durée
Sur ce bel art qu'ont les dieux inventé,
Et sur le nom de la divinité
Que dans ce temple on auroit adorée.
Sur le portail j'aurois ces mots écrits :
PALAIS SACRÉ DE LA DÉESSE IRIS ;
Non celle-là qu'a Junon à ses gages ;
Car Junon même et le maître des dieux
Serviroient l'autre, et seroient glorieux
Du seul honneur de porter ses messages.

---

* *Livre des lumières, ou la conduite des roys ; composé par le sage Pilpay, Indien. — Contes et Fables indiennes ; le Corbeau, le Rat, le Pigeon, et la Gazelle.*

L'apothéose à la voûte eût paru :
Là, tout l'Olympe en pompe eût été vu
Plaçant Iris sous un dais de lumière.
Les murs auroient amplement contenu
Toute sa vie : agréable matière,
Mais peu féconde en ces évènements
Qui des états font les renversements.
Au fond du temple eût été son image,
Avec ses traits, son souris, ses appas,
Son art de plaire et de n'y penser pas,
Ses agréments, à qui tout rend hommage.
J'aurois fait voir à ses pieds des mortels
Et des héros, des demi-dieux encore,
Même des dieux : ce que le monde adore
Vient quelquefois parfumer ses autels.
J'eusse en ses yeux fait briller de son ame
Tous les trésors, quoique imparfaitement ;
Car ce cœur vif et tendre infiniment
Pour ses amis, et non point autrement ;
Car cet esprit, qui, né du firmament,
A beauté d'homme avec grace de femme,
Ne se peut pas, comme on veut, exprimer.
O vous ! Iris, qui savez tout charmer,
Qui savez plaire en un degré suprême,
Vous que l'on aime à l'égal de soi-même
(Ceci soit dit sans nul soupçon d'amour,
Car c'est un mot banni de votre cour,
Laissons-le donc), agréez que ma muse
Achève un jour cette ébauche confuse.
J'en ai placé l'idée et le projet,

Pour plus de grace, au-devant d'un sujet
Où l'amitié donne de telles marques,
Et d'un tel prix, que leur simple récit
Peut quelque temps amuser votre esprit.
Non que ceci se passe entre monarques :
Ce que chez vous nous voyons estimer
N'est pas un roi qui ne sait point aimer :
C'est un mortel qui sait mettre sa vie
Pour son ami. J'en vois peu de si bons.
Quatre animaux vivant de compagnie,
Vont aux humains en donner des leçons.

La gazelle, le rat, le corbeau, la tortue,
Vivoient ensemble unis : douce société !
Le choix d'une demeure aux humains inconnue
     Assuroit leur félicité.
Mais quoi ! l'homme découvre enfin toutes retraites.
     Soyez au milieu des déserts,
     Au fond des eaux, au haut des airs,
Vous n'éviterez point ses embûches secrètes.
La gazelle s'alloit ébattre innocemment,
     Quand un chien, maudit instrument
     Du plaisir barbare des hommes,
Vint sur l'herbe éventer les traces de ses pas.
Elle fuit. Et le rat, à l'heure du repas,
Dit aux amis restants : D'où vient que nous ne sommes
     Aujourd'hui que trois conviés ?
La gazelle déjà nous a-t-elle oubliés ?
     A ces paroles, la tortue
     S'écrie, et dit : Ah ! si j'étois

Comme un corbeau d'ailes pourvue,
Tout de ce pas je m'en irois
Apprendre au moins quelle contrée,
Quel accident tient arrêtée
Notre compagne au pied léger ;
Car, à l'égard du cœur, il en faut mieux juger.
Le corbeau part à tire-d'aile :
Il aperçoit de loin l'imprudente gazelle
Prise au piége, et se tourmentant.
Il retourne avertir les autres à l'instant ;
Car, de lui demander quand, pourquoi, ni comment
Ce malheur est tombé sur elle,
Et perdre en vains discours cet utile moment,
Comme eût fait un maître d'école,
Il avoit trop de jugement.
Le corbeau donc vole et revole.
Sur son rapport, les trois amis
Tiennent conseil. Deux sont d'avis
De se transporter sans remise
Aux lieux où la gazelle est prise.
L'autre, dit le corbeau, gardera le logis :
Avec son marcher lent, quand arriveroit-elle ?
Après la mort de la gazelle.
Ces mots à peine dits, ils s'en vont secourir
Leur chère et fidèle compagne,
Pauvre chevrette de montagne.
La tortue y voulut courir :
La voilà comme eux en campagne,
Maudissant ses pieds courts avec juste raison,
Et la nécessité de porter sa maison.

Rongemaille (le rat eut à bon droit ce nom)
Coupe les nœuds du lacs : on peut penser la joie.
Le chasseur vient, et dit : Qui m'a ravi ma proie ?
Rongemaille, à ces mots, se retire en un trou,
Le corbeau sur un arbre, en un bois la gazelle :
    Et le chasseur, à demi fou
    De n'en avoir nulle nouvelle,
Aperçoit la tortue, et retient son courroux.
    D'où vient, dit-il, que je m'effraie ?
Je veux qu'à mon souper celle-ci me défraie.
Il la mit dans son sac. Elle eût payé pour tous,
Si le corbeau n'en eût averti la chevrette.
    Celle-ci, quittant sa retraite,
Contrefait la boiteuse, et vient se présenter.
    L'homme de suivre, et de jeter
Tout ce qui lui pesoit : si bien que Rongemaille
Autour des nœuds du sac tant opère et travaille,
    Qu'il délivre encor l'autre sœur,
Sur qui s'étoit fondé le souper du chasseur.

Pilpay conte qu'ainsi la chose s'est passée.
Pour peu que je voulusse invoquer Apollon,
J'en ferois, pour vous plaire, un ouvrage aussi long
    Que l'Iliade ou l'Odyssée.
Rongemaille feroit le principal héros,
Quoiqu'à vrai dire ici chacun soit nécessaire.
Porte-maison l'infante y tient de tels propos,
    Que monsieur du corbeau va faire
Office d'espion, et puis de messager.
La gazelle a d'ailleurs l'adresse d'engager

Le chasseur à donner du temps à Rongemaille.
    Ainsi chacun dans son endroit
    S'entremet, agit, et travaille.
A qui donner le prix? Au cœur, si l'on m'en croit.
Que n'ose et que ne peut l'amitié violente !
Cet autre sentiment que l'on appelle amour
Mérite moins d'honneur; cependant chaque jour
    Je le célèbre et je le chante.
Hélas ! il n'en rend pas mon ame plus contente !
Vous protégez sa sœur, il suffit; et mes vers
Vont s'engager pour elle à des tons tout divers.
Mon maître étoit l'Amour : j'en vais servir un autre,
    Et porter par tout l'univers
    Sa gloire aussi bien que la vôtre.

FABLE XVI

La Forêt et le Bûcheron. *

Un bûcheron venoit de rompre ou d'égarer
Le bois dont il avoit emmanché sa cognée.
Cette perte ne put si tôt se réparer
Que la forêt n'en fût quelque temps épargnée.
    L'homme enfin la prie humblement
    De lui laisser tout doucement
    Emporter une unique branche,
    Afin de faire un autre manche :
Il iroit employer ailleurs son gagne-pain ;
Il laisseroit debout maint chêne et maint sapin
Dont chacun respectoit la vieillesse et les charmes.
L'innocente forêt lui fournit d'autres armes.
Elle en eut du regret. Il emmanche son fer :

* Phædri, *Appendix Fabular.*, fab. v, *Homo et Arbores.* — Anonymus, 53
dans Nevelet, p. 524, *de Homine et Securi.* — Camerarius, fab. CLXXVIII,
p. 191. *Notice des manuscrits*, t. II, p. 722, fab. XXII, *le Chêne.*

    Le misérable ne s'en sert
    Qu'à dépouiller sa bienfaitrice
    De ses principaux ornements.
    Elle gémit à tous moments :
    Son propre don fait son supplice.

Voilà le train du monde et de ses sectateurs :
On s'y sert du bienfait contre les bienfaiteurs.
Je suis las d'en parler. Mais que de doux ombrages
    Soient exposés à ces outrages,
    Qui ne se plaindroit là-dessus ?
Hélas ! j'ai beau crier et me rendre incommode,
    L'ingratitude et les abus
    N'en seront pas moins à la mode.

LE RENARD, LE LOUP ET LE CHEVAL.

Le Renard, le Loup, et le Cheval. *

Un renard, jeune encor, quoique des plus madrés,
Vit le premier cheval qu'il eût vu de sa vie.
Il dit à certain loup, franc novice : Accourez,
     Un animal paît dans nos prés,
Beau, grand ; j'en ai la vue encor toute ravie.
Est–il plus fort que nous ? dit le loup en riant.
     Fais-moi son portrait, je te prie.
Si j'étois quelque peintre ou quelque étudiant,
Repartit le renard, j'avancerois la joie
     Que vous aurez en le voyant.
Mais venez. Que sait–on ? peut–être est-ce une proie
     Que la fortune nous envoie.
Ils vont ; et le cheval, qu'à l'herbe on avoit mis,
Assez peu curieux de semblables amis,
Fut presque sur le point d'enfiler la venelle. **

---

* Regnier, sat. III. — Æsop., 134, 263, *Asinus et Lupus.*
** *Venelle* signifie sentier ; et *enfiler la venelle* signifie proverbialement *s'enfuir.*

Seigneur , dit le renard, vos humbles serviteurs
Apprendroient volontiers comment on vous appelle.
Le cheval , qui n'étoit dépourvu de cervelle ,
Leur dit : Lisez mon nom , vous le pouvez, messieurs ;
Mon cordonnier l'a mis autour de ma semelle.
Le renard s'excusa sur son peu de savoir.
Mes parents , reprit-il , ne m'ont point fait instruire ;
Ils sont pauvres , et n'ont qu'un trou pour tout avoir ;
Ceux du loup, gros messieurs, l'ont fait apprendre à lire.

     Le loup, par ce discours flatté ,
     S'approcha. Mais sa vanité
Lui coûta quatre dents : le cheval lui desserre
Un coup ; et haut le pied. Voilà mon loup par terre ;
     Mal en point, sanglant, et gâté.
Frère, dit le renard, ceci nous justifie
     Ce que m'ont dit des gens d'esprit :
Cet animal vous a sur la mâchoire écrit
Que de tout inconnu le sage se méfie.

FABLE XVIII

Le Renard, et les Poulets d'Inde.*

Contre les assauts d'un renard
Un arbre à des dindons servoit de citadelle.
Le perfide ayant fait tout le tour du rempart,
    Et vu chacun en sentinelle,
S'écria : Quoi ! ces gens se moqueront de moi !
Eux seuls seront exempts de la commune loi !
Non, par tous les dieux ! non. Il accomplit son dire.
La lune, alors luisant, sembloit, contre le sire,
Vouloir favoriser la dindonnière gent.
Lui, qui n'étoit novice au métier d'assiégeant,
Eut recours à son sac de ruses scélérates,
Feignit vouloir gravir, se guinda sur ses pattes,
Puis contrefit le mort, puis le ressuscité.

* Le duc de Bourgogne, *Thèmes* (manuscrits de la bibliothèque du Roi,
n° 8511, fol. 2) ; imprimé dans Robert, *Fables inédites*, t. II, p. 573, *Pulli
Indici et Vulpes*.

Arlequin n'eût exécuté
Tant de différents personnages.
Il élevoit sa queue, il la faisoit briller,
Et cent mille autres badinages,
Pendant quoi nul dindon n'eût osé sommeiller.
L'ennemi les lassoit en leur tenant la vue
Sur même objet toujours tendue.
Les pauvres gens étant à la longue éblouis,
Toujours il en tomboit quelqu'un : autant de pris,
Autant de mis à part : près de moitié succombe.
Le compagon les porte en son garde-manger.

Le trop d'attention qu'on a pour le danger
Fait le plus souvent qu'on y tombe.

FABLE XIX

Le Singe.

Il est un singe dans Paris
A qui l'on avoit donné femme ;
Singe en effet d'aucuns maris,
Il la battoit. La pauvre dame
En a tant soupiré, qu'enfin elle n'est plus.
Leur fils se plaint d'étrange sorte,
Il éclate en cris superflus :
Le père en rit, sa femme est morte ;
Il a déjà d'autres amours,
Que l'on croit qu'il battra toujours ;
Il hante la taverne, et souvent il s'enivre.

N'attendez rien de bon du peuple imitateur,
Qu'il soit singe ou qu'il fasse un livre :
La pire espèce, c'est l'auteur.

Le Philosophe scythe.*

Un philosophe austère, et né dans la Scythie,
Se proposant de suivre une plus douce vie,
Voyagea chez les Grecs, et vit en certains lieux
Un sage assez semblable au vieillard de Virgile,**
Homme égalant les rois, homme approchant des dieux,
Et, comme ces derniers, satisfait et tranquille.
Son bonheur consistoit aux beautés d'un jardin.
Le Scythe l'y trouva qui, la serpe à la main,
De ses arbres à fruit retranchoit l'inutile,
Ébranchoit, émondoit, ôtoit ceci, cela,
  Corrigeant partout la nature,
Excessive à payer ses soins avec usure.
  Le Scythe alors lui demanda
Pourquoi cette ruine : étoit-il d'homme sage
De mutiler ainsi ces pauvres habitants?

* Aul. Gellii, *Noct. Attic.*, lib. XIX, cap. XII, p. 482, édit. Lipsiæ, 1762, in-8.
** *Géorgiques*, liv. IV, v. 127-133.

Quittez-moi votre serpe, instrument de dommage ;
  Laissez agir la faux du Temps :
Ils iront assez tôt border le noir rivage.
J'ôte le superflu, dit l'autre ; et l'abattant,
  Le reste en profite d'autant.
Le Scythe, retourné dans sa triste demeure,
Prend la serpe à son tour, coupe et taille à toute heure ;
Conseille à ses voisins, prescrit à ses amis
  Un universel abattis.
Il ôte de chez lui les branches les plus belles,
Il tronque son verger contre toute raison,
  Sans observer temps ni saison,
  Lunes ni vieilles ni nouvelles.
Tout languit et tout meurt.

    Ce Scythe exprime bien
  Un indiscret stoïcien :
  Celui-ci retranche de l'ame
Desirs et passions, le bon et le mauvais,
  Jusqu'aux plus innocents souhaits.
Contre de telles gens, quant à moi, je réclame.
Ils ôtent à nos cœurs le principal ressort ;
Ils font cesser de vivre avant que l'on soit mort.

L'Éléphant, et le Singe de Jupiter.

Autrefois l'éléphant et le rhinocéros,
En dispute du pas et des droits de l'empire,
Voulurent terminer la querelle en champ clos.
Le jour en étoit pris, quand quelqu'un vint leur dire
    Que le singe de Jupiter,
Portant un caducée, avoit paru dans l'air.
Ce singe avoit nom Gille, à ce que dit l'histoire.
    Aussitôt l'éléphant de croire
    Qu'en qualité d'ambassadeur
    Il venoit trouver sa grandeur.
    Tout fier de ce sujet de gloire,
Il attend maître Gille, et le trouve un peu lent
    A lui présenter sa créance.
    Maître Gille enfin, en passant,
    Va saluer son excellence.
L'autre étoit préparé sur la légation ;
    Mais pas un mot. L'attention
Qu'il croyoit que les dieux eussent à sa querelle

L'ELÉPHANT, ET LE SINGE DE JUPITER.

N'agitoit pas encor chez eux cette nouvelle.
        Qu'importe à ceux du firmament
        Qu'on soit mouche ou bien éléphant ?
Il se vit donc réduit à commencer lui-même.
Mon cousin Jupiter, dit-il, verra dans peu
Un assez beau combat, de son trône suprême ;
        Toute sa cour verra beau jeu.
Quel combat ? dit le singe avec un front sévère.
L'éléphant repartit : Quoi ! vous ne savez pas
Que le rhinocéros me dispute le pas ;
Qu'Éléphantide a guerre avecque Rhinocère ?
Vous connoissez ces lieux, ils ont quelque renom.
Vraiment je suis ravi d'en apprendre le nom,
Repartit maître Gille : on ne s'entretient guère
De semblables sujets dans nos vastes lambris.
        L'éléphant, honteux et surpris,
Lui dit : Eh ! parmi nous que venez-vous donc faire ? —
Partager un brin d'herbe entre quelques fourmis :
Nous avons soin de tout. Et quant à votre affaire,
On n'en dit rien encor dans le conseil des dieux :
Les petits et les grands sont égaux à leurs yeux.

FABLE XXII

Un Fou et un Sage.[*]

Certain fou poursuivoit à coups de pierre un sage.
Le sage se retourne, et lui dit : Mon ami,
C'est fort bien fait à toi ; reçois cet écu-ci.
Tu fatigues assez pour gagner davantage ;
Toute peine, dit-on, est digne de loyer :
Vois cet homme qui passe, il a de quoi payer ;
Adresse-lui tes dons, ils auront leur salaire.
Amorcé par le gain, notre fou s'en va faire
      Même insulte à l'autre bourgeois.
On ne le paya pas en argent cette fois.
Maint estafier accourt : on vous happe notre homme,
      On vous l'échine, on vous l'assomme.

    Auprès des rois il est de pareils fous :

[*] Phædr., III, 5, Æsopus et Petulans.

A vos dépens ils font rire le maître.
Pour réprimer leur babil, irez-vous
Les maltraiter? Vous n'êtes pas peut-être
Assez puissant. Il faut les engager
A s'adresser à qui peut se venger.

FABLE XXIII

Le Renard Anglois.*

À MADAME HARVEY.

Le bon cœur est chez vous compagnon du bon sens ;
Avec cent qualités trop longues à déduire ,
Une noblesse d'ame , un talent pour conduire
      Et les affaires et les gens ,
Une humeur franche et libre , et le don d'être amie
Malgré Jupiter même et les temps orageux ,
Tout cela méritoit un éloge pompeux :
Il en eût été moins selon votre génie ;
La pompe vous déplaît , l'éloge vous ennuie.
J'ai donc fait celui-ci court et simple. Je veux
      Y coudre encore un mot ou deux
      En faveur de votre patrie :
Vous l'aimez. Les Anglois pensent profondément ;
Leur esprit , en cela , suit leur tempérament ;

* Abstemius, 146, *de Vulpe capta à Cane, dum se mortuam simulat.*

Creusant dans les sujets, et forts d'expériences,
Ils étendent partout l'empire des sciences.
Je ne dis point ceci pour vous faire ma cour :
Vos gens, à pénétrer, l'emportent sur les autres ;
     Même les chiens de leur séjour
     Ont meilleur nez que n'ont les nôtres.
Vos renards sont plus fins ; je m'en vais le prouver
     Par un d'eux, qui, pour se sauver,
     Mit en usage un stratagème
Non encor pratiqué, des mieux imaginés.

Le scélérat, réduit en un péril extrême,
Et presque mis à bout par ces chiens au bon nez,
     Passa près d'un patibulaire.
     Là, des animaux ravissants,
Blaireaux, renards, hiboux, race incline à mal faire,
Pour l'exemple pendus, instruisoient les passants.
Leur confrère, aux abois, entre ces morts s'arrange.
Je crois voir Annibal, qui, pressé des Romains,
Met leur chef en défaut, ou leur donne le change,
Et sait, en vieux renard, s'échapper de leurs mains.
     Les clefs de meute,* parvenues
A l'endroit où pour mort le traître se pendit,
Remplirent l'air de cris : leur maître les rompit,
Bien que de leurs abois ils perçassent les nues.
Il ne put soupçonner ce tour assez plaisant.
Quelque terrier, dit-il, a sauvé mon galant ;

* Terme de vénerie, pour désigner les chiens qui relèvent de défaut les autres chiens.

Mes chiens n'appellent point au-delà des colonnes
Où sont tant d'honnêtes personnes.
Il y viendra, le drôle ! Il y vint, à son dam.
Voilà maint basset clabaudant ;
Voilà notre renard au charnier se guindant.
Maître pendu croyoit qu'il en iroit de même
Que le jour qu'il tendit de semblables panneaux :
Mais le pauvret, ce coup, y laissa ses houseaux. *
Tant il est vrai qu'il faut changer de stratagème !
Le chasseur, pour trouver sa propre sûreté,
N'auroit pas cependant un tel tour inventé ;
Non point par peu d'esprit ; est-il quelqu'un qui nie
Que tout Anglois n'en ait bonne provision ?
Mais le peu d'amour pour la vie
Leur nuit en mainte occasion.

Je reviens à vous, non pour dire
D'autres traits sur votre sujet ;
Tout long éloge est un projet
Peu favorable pour ma lyre :
Peu de nos chants, peu de nos vers,
Par un encens flatteur amusent l'univers,
Et se font écouter des nations étranges. **
Votre prince *** vous dit un jour
Qu'il aimoit mieux un trait d'amour

---

* Genre de chaussure. — Expression proverbiale voulant dire qu'il y
mourut.
** Le mot *étrange* pris dans le sens d'*étranger* était déjà vielli du temps de
La Fontaine.
*** Charles II.

Que quatre pages de louanges.
Agréez seulement le don que je vous fais
    Des derniers efforts de ma muse.
    C'est peu de chose ; elle est confuse
    De ces ouvrages imparfaits.
    Cependant ne pourriez-vous faire
    Que le même hommage pût plaire
A celle qui remplit vos climats d'habitants
    Tirés de l'île de Cythère ?
    Vous voyez par-là que j'entends
Mazarin, * des Amours déesse tutélaire.

* Hortense Mancini, duchesse de Mazarin, née à Rome en 1646, et morte à Chelsey, près de Londres, le 2 juillet 1699.

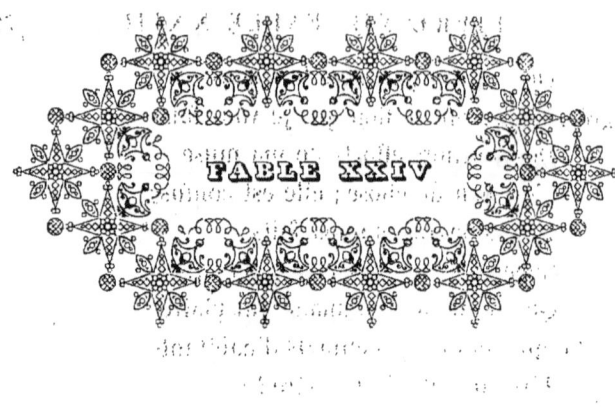

FABLE XXIV

Le Soleil et les Grenouilles. [*]

Les filles du limon tiroient du roi des astres
    Assistance et protection :
Guerre ni pauvreté, ni semblables désastres,
Ne pouvoient approcher de cette nation ;
Elle faisoit valoir en cent lieux son empire.
Les reines des étangs, grenouilles veux-je dire,
    (Car que coûte-t-il d'appeler
    Les choses par noms honorables ?)
Contre leur bienfaiteur osèrent cabaler,
    Et devinrent insupportables.
L'imprudence, l'orgueil, et l'oubli des bienfaits,
    Enfants de la bonne fortune,
Firent bientôt crier cette troupe importune :
    On ne pouvoit dormir en paix.

---

[*] Le P. Commire, *Sol et Ranœ.* — Voyez encore ci-dessus la fable xii du livre VI.

Si l'on eût cru leur murmure,
Elles auroient, par leurs cris,
Soulevé grands et petits
Contre l'œil de la nature.
Le soleil, à leur dire, alloit tout consumer ;
Il falloit promptement s'armer,
Et lever des troupes puissantes.
Aussitôt qu'il faisoit un pas,
Ambassades coassantes
Alloient dans tous les états :
A les ouïr, tout le monde,
Toute la machine ronde
Rouloit sur les intérêts
De quatre méchants marais.
Cette plainte téméraire
Dure toujours ; et pourtant
Grenouilles doivent se taire,
Et ne murmurer pas tant :
Car si le soleil se pique,
Il le leur fera sentir ;
La république aquatique
Pourroit bien s'en repentir.

La Ligue des Rats.

Une souris craignoit un chat
    Qui dès long-temps la guettoit au passage.
Que faire en cet état ? Elle, prudente et sage,
Consulte son voisin : c'étoit un maître rat,
        Dont la rateuse seigneurie
        S'étoit logée en bonne hôtellerie,
    Et qui cent fois s'étoit vanté, dit-on,
            De ne craindre ni chat, ni chatte,
            Ni coup de dent, ni coup de patte.
    Dame souris, lui dit ce fanfaron,
            Ma foi ! quoi que je fasse,
Seul, je ne puis chasser le chat qui vous menace :
        Mais assemblons tous les rats d'alentour,
        Je lui pourrai jouer d'un mauvais tour.
        La souris fait une humble révérence ;
            Et le rat court en diligence
A l'office, qu'on nomme autrement la dépense,
            Où maints rats assemblés
Faisoient, aux frais de l'hôte, une entière bombance.
        Il arrive, les sens troublés,

LA LIGUE DES RATS.

Et tous les poumons essoufflés.
Qu'avez-vous donc? lui dit un de ces rats; parlez.
En deux mots, répond-il, ce qui fait mon voyage,
C'est qu'il faut promptement secourir la souris;
     Car Raminagrobis
  Fait en tous lieux un étrange carnage.
    Ce chat, le plus diable des chats,
S'il manque de souris, voudra manger des rats.
Chacun dit : Il est vrai. Sus! sus! courons aux armes!
Quelques rates,* dit-on, répandirent des larmes.
N'importe, rien n'arrête un si noble projet :
    Chacun se met en équipage;
Chacun met dans son sac un morceau de fromage;
Chacun promet enfin de risquer le paquet.
    Ils alloient tous comme à la fête,
    L'esprit content, le cœur joyeux.
    Cependant le chat, plus fin qu'eux,
  Tenoit déjà la souris par la tête.
    Ils s'avancèrent à grand pas
    Pour secourir leur bonne amie :
    Mais le chat, qui n'en démord pas,
Gronde, et marche au-devant de la troupe ennemie.
    A ce bruit, nos très prudents rats,
    Craignant mauvaise destinée,
Font, sans pousser plus loin leur prétendu fracas,
    Une retraite fortunée.
    Chaque rat rentre dans son trou;
Et si quelqu'un en sort, gare encor le matou.

---

* Mot forgé par l'auteur.

FABLE XXVI

Daphnis et Alcimadure.

IMITATION DE THÉOCRITE.[*]

A MADAME DE LA MÉSANGÈRE.

Aimable fille d'une mère
A qui seule aujourd'hui mille cœurs font la cour,
Sans ceux que l'amitié rend soigneux de vous plaire,
Et quelques-uns encor que vous garde l'amour,
    Je ne puis qu'en cette préface
    Je ne partage entre elle et vous
Un peu de cet encens qu'on recueille au Parnasse,
Et que j'ai le secret de rendre exquis et doux.
    Je vous dirai donc... Mais tout dire
    Ce seroit trop ; il faut choisir,
    Ménageant ma voix et ma lyre,
Qui bientôt vont manquer de force et de loisir.
Je louerai seulement un cœur plein de tendresse

---

[*] Théocrite, idylle XVIII.

Ces nobles sentiments, ces graces, cet esprit
Vous n'auriez en cela ni maître ni maîtresse,
Sans celle dont sur vous l'éloge rejaillit.
  Gardez d'environner ces roses
  De trop d'épines, si jamais
  L'Amour vous dit les mêmes choses :
  Il les dit mieux que je ne fais;
Aussi sait-il punir ceux qui ferment l'oreille
  A ses conseils. Vous l'allez voir.

  Jadis une jeune merveille
Méprisoit de ce dieu le souverain pouvoir :
  On l'appeloit Alcimadure :
Fier et farouche objet, toujours courant aux bois,
Toujours sautant aux prés, dansant sur la verdure,
  Et ne connoissant autres lois
Que son caprice; au reste, égalant les plus belles,
  Et surpassant les plus cruelles;
N'ayant trait qui ne plût, pas même en ses rigueurs :
Quelle l'eût-on trouvée au fort de ses faveurs!
Le jeune et beau Daphnis, berger de noble race,
L'aima pour son malheur : jamais la moindre grace
Ni le moindre regard, le moindre mot enfin,
Ne lui fut accordé par ce cœur inhumain.
Las de continuer une poursuite vaine,
  Il ne songea plus qu'à mourir.
  Le désespoir le fit courir
  A la porte de l'inhumaine.
Hélas! ce fut aux vents qu'il raconta sa peine;
  On ne daigna lui faire ouvrir

Cette maison fatale où , parmi ses compagnes ,
L'ingrate, pour le jour de sa nativité ,
          Joignoit aux fleurs de sa beauté
Les trésors des jardins et des vertes campagnes.
J'espérois , cria-t-il , expirer à vos yeux ;
          Mais je vous suis trop odieux ,
Et ne m'étonne pas qu'ainsi que tout le reste
Vous me refusiez même un plaisir si funeste.
Mon père , après ma mort (et je l'en ai chargé)
          Doit mettre à vos pieds l'héritage
          Que votre cœur a négligé.
Je veux que l'on y joigne aussi le pâturage ,
          Tous mes troupeaux, avec mon chien ;
          Et que du reste de mon bien
          Mes compagnons fondent un temple
          Où votre image se contemple ,
Renouvelant de fleurs l'autel à tout moment :
J'aurai près de ce temple un simple monument :
          On gravera sur la bordure :
« Daphnis mourut d'amour. Passant, arrête-toi ,
« Pleure , et dis : Celui-ci succomba sous la loi
          « De la cruelle Alcimadure. »
A ces mots , par la Parque il se sentit atteint :
Il auroit poursuivi ; la douleur le prévint.
Son ingrate sortit triomphante et parée.
On voulut , mais en vain , l'arrêter un moment
Pour donner quelques pleurs au sort de son amant :
Elle insulta toujours au fils de Cythérée ;
Menant dès ce soir même , au mépris de ses lois ,
Ses compagnes danser autour de sa statue.

Le dieu tomba sur elle, et l'accabla du poids :
    Une voix sortit de la nue,
Écho redit ces mots dans les airs épandus :
« Que tout aime à présent : l'insensible n'est plus. »
Cependant de Daphnis l'ombre au Styx descendue
Frémit, et s'étonna la voyant accourir.
Tout l'Érèbe entendit cette belle homicide
S'excuser au berger, qui ne daigna l'ouïr
Non plus qu'Ajax Ulysse, et Didon son perfide.

Le Juge arbitre, l'Hospitalier, et le Solitaire.*

Trois saints, également jaloux de leur salut,
Portés d'un même esprit, tendoient à même but.
Ils s'y prirent tous trois par des routes diverses :
Tous chemins vont à Rome ; ainsi nos concurrents
Crurent pouvoir choisir des sentiers différents.
L'un, touché des soucis, des longueurs, des traverses,
Qu'en apanage on voit aux procès attachés,
S'offrit de les juger sans récompense aucune,
Peu soigneux d'établir ici-bas sa fortune.
Depuis qu'il est des lois, l'homme, pour ses péchés,
Se condamne à plaider la moitié de sa vie :
La moitié, les trois quarts ! et bien souvent le tout.
Le conciliateur crut qu'il viendroit à bout
De guérir cette folle et détestable envie.
Le second de nos saints choisit les hôpitaux.
Je le loue ; et le soin de soulager les maux
Est une charité que je préfère aux autres.
Les malades d'alors, étant tels que les nôtres,
Donnoient de l'exercice au pauvre hospitalier ;
Chagrins, impatients, et se plaignant sans cesse :
« Il a pour tels et tels un soin particulier,

* Arnauld d'Andilly, *Vies des saints Pères du désert.*

« Ce sont ses amis ; il nous laisse. »
Ces plaintes n'étoient rien au prix de l'embarras
Où se trouva réduit l'appointeur de débats :
Aucun n'étoit content , la sentence arbitrale
    A nul des deux ne convenoit :
    Jamais le juge ne tenoit
    A leur gré la balance égale :
De semblables discours rebutoient l'appointeur :
Il court aux hôpitaux , va voir leur directeur.
Tous deux ne recueillant que plainte et que murmure ,
Affligés , et contraints de quitter ces emplois ,
Vont confier leur peine au silence des bois.
Là , sous d'âpres rochers , près d'une source pure ,
Lieu respecté des vents , ignoré du soleil ,
Ils trouvent l'autre saint , lui demandent conseil.
Il faut , dit leur ami , le prendre de soi-même.
    Qui , mieux que vous , sait vos besoins ?
Apprendre à se connoître est le premier des soins
Qu'impose à tout mortel la majesté suprême.
Vous êtes-vous connus dans le monde habité ?
L'on ne le peut qu'aux lieux pleins de tranquillité :
Chercher ailleurs ce bien est une erreur extrême.
    Troublez l'eau : vous y voyez-vous ?
    Agitez celle-ci. — Comment nous verrions-nous ?
    La vase est un épais nuage
Qu'aux effets du cristal nous venons d'opposer.
Mes frères , dit le saint , laissez-la reposer ,
    Vous verrez alors votre image.
Pour vous mieux contempler , demeurez au désert.
    Ainsi parla le solitaire.
Il fut cru ; l'on suivit ce conseil salutaire.

Ce n'est pas qu'un emploi ne doive être souffert.
Puisqu'on plaide et qu'on meurt, et qu'on devient malade,
Il faut des médecins, il faut des avocats ;
Ces secours, grace à Dieu, ne nous manqueront pas :
Les honneurs et le gain, tout me le persuade.
Cependant on s'oublie en ces communs besoins.
O vous ! dont le public emporte tous les soins,
   Magistrats, princes, et ministres,
Vous que doivent troubler mille accidents sinistres,
Que le malheur abat, que le bonheur corrompt,
Vous ne vous voyez point, vous ne voyez personne.
Si quelque bon moment à ces pensers vous donne,
   Quelque flatteur vous interrompt.

Cette leçon sera la fin de ces ouvrages :
Puisse-t-elle être utile aux siècles à venir !
Je la présente aux rois, je la propose aux sages :
  Par où saurois-je mieux finir ?

PHILEMON et BAUCIS

D. O. M.

LA MATRONE DEPHESE

BELPHEGOR

PHILÉMON ET BAUCIS

SUJET TIRÉ DES MÉTAMORPHOSES D'OVIDE

MONSEIGNEUR LE DUC DE VENDOME.

Ni l'or ni la grandeur ne nous rendent heureux.
Ces deux divinités n'accordent à nos vœux
Que des biens peu certains, qu'un plaisir peu tranquille :
Des soucis dévorants c'est l'éternel asile ;
Véritables vautours, que le fils de Japet
Représente, enchaîné sur son triste sommet.
L'humble toit est exempt d'un tribut si funeste.
Le sage y vit en paix, et méprise le reste :
Content de ses douceurs, errant parmi les bois,
Il regarde à ses pieds les favoris des rois ;
Il lit au front de ceux qu'un vain luxe environne
Que la Fortune vend ce qu'on croit qu'elle donne.
Approche-t-il du but, quitte-t-il ce séjour ;
Rien ne trouble sa fin : c'est le soir d'un beau jour.

Philémon et Baucis nous en offrent l'exemple :
Tous deux virent changer leur cabane en un temple.
Hyménée et l'Amour, par des désirs constants,

Avoient uni leurs cœurs dès leur plus doux printemps :
Ni le temps ni l'hymen n'éteignirent leur flamme ;
Clothon prenoit plaisir à filer cette trame.
Ils surent cultiver, sans se voir assistés,
Leur enclos et leur champ par deux fois vingt étés.
Eux seuls ils composoient toute leur république :
Heureux de ne devoir à pas un domestique
Le plaisir ou le gré des soins qu'ils se rendoient !
Tout vieillit : sur leur front les rides s'étendoient ;
L'amitié modéra leurs feux sans les détruire,
Et par des traits d'amour sut encor se produire.
Ils habitoient un bourg plein de gens dont le cœur
Joignoit aux duretés un sentiment moqueur.
Jupiter résolut d'abolir cette engeance.
Il part avec son fils, le dieu de l'éloquence ;
Tous deux en pèlerins vont visiter ces lieux.
Mille logis y sont, un seul ne s'ouvre aux dieux.
Prêts enfin à quitter un séjour si profane,
Ils virent à l'écart une étroite cabane,
Demeure hospitalière, humble et chaste maison.
Mercure frappe : on ouvre. Aussitôt Philémon
Vient au-devant des dieux, et leur tient ce langage :
Vous me semblez tous deux fatigués du voyage,
Reposez-vous. Usez du peu que nous avons ;
L'aide des dieux a fait que nous le conservons :
Usez-en. Saluez ces pénates d'argile :
Jamais le ciel ne fut aux humains si facile
Que quand Jupiter même étoit de simple bois ;
Depuis qu'on l'a fait d'or, il est sourd à nos voix.
Baucis, ne tardez point, faites tiédir cette onde :

Encor que le pouvoir au désir ne réponde,
Nos hôtes agréeront les soins qui leur sont dus.
Quelques restes de feu sous la cendre épandus
D'un souffle haletant par Baucis s'allumèrent :
Des branches de bois sec aussitôt s'enflammèrent.
L'onde tiède, on lava les pieds des voyageurs.
Philémon les pria d'excuser ces longueurs :
Et pour tromper l'ennui d'une attente importune,
Il entretint les dieux, non point sur la fortune,
Sur ses jeux, sur la pompe et la grandeur des rois ;
Mais sur ce que les champs, les vergers et les bois
Ont de plus innocent, de plus doux, de plus rare.
Cependant par Baucis le festin se prépare.
La table où l'on servit le champêtre repas
Fut d'ais non façonnés à l'aide du compas :
Encore assure-t-on, si l'histoire en est crue,
Qu'en un de ses supports le temps l'avoit rompue.
Baucis en égala les appuis chancelants
Du débris d'un vieux vase, autre injure des ans.
Un tapis tout usé couvrit deux escabelles :
Il ne servoit pourtant qu'aux fêtes solennelles.
Le linge orné de fleurs fut couvert, pour tous mets,
D'un peu de lait, de fruits, et des dons de Cérès.
Les divins voyageurs, altérés de leur course,
Mêloient au vin grossier le crystal d'une source.
Plus le vase versoit, moins il s'alloit vidant.
Philémon reconnut ce miracle évident ;
Baucis n'en fit pas moins : tous deux s'agenouillèrent ;
A ce signe d'abord leurs yeux se dessillèrent.
Jupiter leur parut avec ces noirs sourcils

35

Qui font trembler les cieux sur leurs poles assis.
Grand Dieu, dit Philémon, excusez notre faute :
Quels humains auroient cru recevoir un tel hôte ?
Ces mets, nous l'avouons, sont peu délicieux :
Mais, quand nous serions rois, que donner à des dieux ?
C'est le cœur qui fait tout : que la terre et que l'onde
Apprêtent un repas pour les maîtres du monde ;
Ils lui préféreront les seuls présents du cœur.
Baucis sort à ces mots pour réparer l'erreur.
Dans le verger couroit une perdrix privée,
Et par de tendres soins dès l'enfance élevée ;
Elle en veut faire un mets, et la poursuit en vain :
La volatille échappe à sa tremblante main ;
Entre les pieds des dieux elle cherche un asile.
Ce recours à l'oiseau ne fut pas inutile :
Jupiter intercède. Et déjà les vallons
Voyoient l'ombre en croissant tomber du haut des monts.
Les dieux sortent enfin, et font sortir leurs hôtes.
De ce bourg, dit Jupin, je veux punir les fautes :
Suivez-nous. Toi, Mercure, appelle les vapeurs.
O gens durs ! vous n'ouvrez vos logis ni vos cœurs !
Il dit : et les autans troublent déjà la plaine.
Nos deux époux suivoient, ne marchant qu'avec peine ;
Un appui de roseau soulageoit leurs vieux ans :
Moitié secours des dieux, moitié peur, se hâtants,
Sur un mont assez proche enfin ils arrivèrent.
A leurs pieds aussitôt cent nuages crevèrent.
Des ministres du dieu les escadrons flottants
Entraînèrent, sans choix, animaux, habitants,
Arbres, maisons, vergers, toute cette demeure ;

Sans vestiges du bourg, tout disparut sur l'heure.
Les vieillards déploroient ces sévères destins.
Les animaux périr! car encor les humains,
Tous avoient dû tomber sous les célestes armes :
Baucis en répandit en secret quelques larmes.
Cependant l'humble toit devient temple, et ses murs
Changent leur frêle enduit aux marbres les plus durs.
De pilastres massifs les cloisons revêtues
En moins de deux instants s'élèvent jusqu'aux nues ;
Le chaume devient or, tout brille en ce pourpris :
Tous ces évènements sont peints sur le lambris.
Loin, bien loin les tableaux de Zeuxis et d'Apelle!
Ceux-ci furent tracés d'une main immortelle.
Nos deux époux, surpris, étonnés, confondus,
Se crurent, par miracle, en l'Olympe rendus.
Vous comblez, dirent-ils, vos moindres créatures :
Aurions-nous bien le cœur et les mains assez pures
Pour présider ici sur les honneurs divins,
Et prêtres vous offrir les vœux des pèlerins?
Jupiter exauça leur prière innocente.
Hélas! dit Philémon, si votre main puissante
Vouloit favoriser jusqu'au bout deux mortels,
Ensemble nous mourrions en servant vos autels,
Clothon feroit d'un coup ce double sacrifice ;
D'autres mains nous rendroient un vain et triste office :
Je ne pleurerois point celle-ci, ni ses yeux
Ne troubleroient non plus de leurs larmes ces lieux.
Jupiter à ce vœu fut encor favorable.
Mais oserai-je dire un fait presque incroyable?
Un jour qu'assis tous deux dans le sacré parvis

Ils contoient cette histoire aux pèlerins ravis,
La troupe à l'entour d'eux debout prêtoit l'oreille ;
Philémon leur disoit : Ce lieu plein de merveille
N'a pas toujours servi de temple aux immortels :
Un bourg étoit autour ennemi des autels,
Gens barbares, gens durs, habitacle d'impies ;
Du céleste courroux tous furent les hosties.
Il ne resta que nous d'un si triste débris :
Vous en verrez tantôt la suite en nos lambris ;
Jupiter l'y peignit. En contant ces annales,
Philémon regardoit Baucis par intervalles ;
Elle devenoit arbre, et lui tendoit les bras :
Il veut lui tendre aussi les siens, et ne peut pas.
Il veut parler, l'écorce a sa langue pressée.
L'un et l'autre se dit adieu de la pensée :
Le corps n'est tantôt plus que feuillage et que bois.
D'étonnement la troupe, ainsi qu'eux, perd la voix.
Même instant, même sort à leur fin les entraîne ;
Baucis devient tilleul, Philémon devient chêne.
On les va voir encore, afin de mériter
Les douceurs qu'en hymen Amour leur fit goûter.
Ils courbent sous le poids des offrandes sans nombre.
Pour peu que des époux séjournent sous leur ombre,
Ils s'aiment jusqu'au bout, malgré l'effort des ans.
Ah ! si... Mais autre part j'ai porté mes présents.
Célébrons seulement cette métamorphose.
De fidèles témoins m'ayant conté la chose,
Clio me conseilla de l'étendre en ces vers,
Qui pourront quelque jour l'apprendre à l'univers.
Quelque jour on verra chez les races futures,

Sous l'appui d'un grand nom, passer ces aventures.
Vendôme, consentez au los que j'en attends;
Faites-moi triompher de l'Envie et du Temps :
Enchaînez ces démons, que sur nous ils n'attentent,
Ennemis des héros et de ceux qui les chantent.
Je voudrois pouvoir dire en un style assez haut
Qu'ayant mille vertus vous n'avez nul défaut.
Toutes les célébrer seroit œuvre infinie ;
L'entreprise demande un plus vaste génie :
Car quel mérite enfin ne vous fait estimer ?
Sans parler de celui qui force à vous aimer.
Vous joignez à ces dons l'amour des beaux ouvrages ;
Vous y joignez un goût plus sûr que nos suffrages ;
Don du ciel, qui peut seul tenir lieu des présents
Que nous font à regret le travail et les ans.
Peu de gens élevés, peu d'autres encor même,
Font voir par ces faveurs que Jupiter les aime.
Si quelque enfant des dieux les possède, c'est vous :
Je l'ose dans ces vers soutenir devant tous.
Clio, sur son giron, à l'exemple d'Homère,
Vient de les retoucher, attentive à vous plaire :
On dit qu'elle et ses sœurs, par l'ordre d'Apollon,
Transportent dans Anet tout le sacré vallon :
Je le crois. Puissions-nous chanter sous les ombrages
Des arbres dont ce lieu va border ses rivages !
Puissent-ils tout d'un coup élever leurs sourcils,
Comme on vit autrefois Philémon et Baucis.

LA
MATRONE D'ÉPHÈSE

S'il est un conte usé, commun et rebattu,
C'est celui qu'en ces vers j'accommode à ma guise.
   Et pourquoi donc le choisis-tu?
   Qui t'engage à cette entreprise?
N'a-t-elle point déjà produit assez d'écrits?
   Quelle grace aura ta matrone,
   Au prix de celle de Pétrone?
Comment la rendras-tu nouvelle à nos esprits?
Sans répondre aux censeurs, car c'est chose infinie,
Voyons si dans mes vers je l'aurai rajeunie.

   Dans Éphèse il fut autrefois
Une dame en sagesse et vertu sans égale,
   Et, selon la commune voix,
Ayant su raffiner sur l'amour conjugale.
Il n'étoit bruit que d'elle et de sa chasteté;
   On l'alloit voir par rareté;
C'étoit l'honneur du sexe : heureuse sa patrie!
Chaque mère à sa bru l'alléguoit pour patron;
Chaque époux la prônoit à sa femme chérie :

D'elle descendent ceux de la Prudoterie,
        Antique et célèbre maison.
        Son mari l'aimoit d'amour folle.
        Il mourut. De dire comment,
        Ce seroit un détail frivole.
        Il mourut; et son testament
N'étoit plein que de legs qui l'auroient consolée,
Si les biens réparoient la perte d'un mari
        Amoureux autant que chéri.
Mainte veuve pourtant fait la déchevelée,
Qui n'abandonne pas le soin du demeurant,
Et du bien qu'elle aura fait le compte en pleurant.
Celle-ci par ses cris mettoit tout en alarme,
        Celle-ci faisoit un vacarme,
Un bruit, et des regrets à percer tous les cœurs;
        Bien qu'on sache qu'en ces malheurs,
De quelque désespoir qu'une ame soit atteinte,
La douleur est toujours moins forte que la plainte :
Toujours un peu de faste entre parmi les pleurs.
Chacun fit son devoir de dire à l'affligée
Que tout a sa mesure, et que de tels regrets
        Pourroient pécher par leur excès :
Chacun rendit par-là sa douleur rengrégée.
Enfin ne voulant plus jouir de la clarté
        Que son époux avoit perdue,
Elle entre dans sa tombe, en ferme volonté
D'accompagner cette ombre aux enfers descendue.
Et voyez ce que peut l'excessive amitié
(Ce mouvement aussi va jusqu'à la folie),
Une esclave en ce lieu la suivit par pitié,

Prête à mourir de compagnie.
Prête, je m'entends bien ; c'est-à-dire, en un mot,
N'ayant examiné qu'à demi ce complot,
Et, jusques à l'effet, courageuse et hardie.
L'esclave avec la dame avoit été nourrie ;
Toutes deux s'entr'aimoient ; et cette passion
Étoit crue avec l'âge au cœur des deux femelles :
Le monde entier à peine eût fourni deux modèles
    D'une telle inclination.
Comme l'esclave avoit plus de sens que la dame,
Elle laissa passer les premiers mouvements ;
Puis tâcha, mais en vain, de remettre cette ame
Dans l'ordinaire train des communs sentiments.
Aux consolations la veuve inaccessible
S'appliquoit seulement à tout moyen possible
De suivre le défunt aux noirs et tristes lieux.
Le fer auroit été le plus court et le mieux ;
Mais la dame vouloit paître encore ses yeux
    Du trésor qu'enfermoit la bière,
    Froide dépouille, et pourtant chère :
    C'étoit là le seul aliment
    Qu'elle prît en ce monument.
    La faim donc fut celle des portes
    Qu'entre d'autres de tant de sortes
Notre veuve choisit pour sortir d'ici-bas.
Un jour se passe, et deux, sans autre nourriture
Que ses profonds soupirs, que ses fréquents hélas,
    Qu'un inutile et long murmure
Contre les dieux, le sort, et toute la nature.
    Enfin sa douleur n'omit rien,

Si la douleur doit s'exprimer si bien.
Encore un autre mort faisoit sa résidence
Non loin de ce tombeau, mais bien différemment,
Car il n'avoit pour monument
Que le dessous d'une potence :
Pour exemple aux voleurs on l'avoit là laissé.
Un soldat bien récompensé
Le gardoit avec vigilance.
Il étoit dit par ordonnance
Que si d'autres voleurs, un parent, un ami,
L'enlevoient, le soldat, nonchalant, endormi,
Rempliroit aussitôt sa place.
C'étoit trop de sévérité :
Mais la publique utilité
Défendoit que l'on fît au garde aucune grace.
Pendant la nuit il vit aux fentes du tombeau
Briller quelque clarté, spectacle assez nouveau.
Curieux, il y court, entend de loin la dame
Remplissant l'air de ses clameurs.
Il entre, est étonné, demande à cette femme
Pourquoi ces cris, pourquoi ces pleurs,
Pourquoi cette triste musique,
Pourquoi cette maison noire et mélancolique.
Occupée à ses pleurs, à peine elle entendit
Toutes ces demandes frivoles.
Le mort pour elle y répondit :
Cet objet, sans autres paroles,
Disoit assez par quel malheur
La dame s'enterroit ainsi toute vivante.
Nous avons fait serment, ajouta la suivante,

De nous laisser mourir de faim et de douleur.
Encor que le soldat fût mauvais orateur,
Il leur fit concevoir ce que c'est que la vie.
La dame cette fois eut de l'attention;
  Et déjà l'autre passion
  Se trouvoit un peu ralentie :
Le temps avoit agi. Si la foi du serment,
Pousuivit le soldat, vous défend l'aliment,
  Voyez-moi manger seulement,
Vous n'en mourrez pas moins. Un tel tempérament
  Ne déplut pas aux deux femelles.
  Conclusion, qu'il obtint d'elles
Une permission d'apporter son soupé :
Ce qu'il fit. Et l'esclave eut le cœur fort tenté
De renoncer dès-lors à la cruelle envie
  De tenir au mort compagnie.
Madame, ce dit-elle, un penser m'est venu :
Qu'importe à votre époux que vous cessiez de vivre?
Croyez-vous que lui-même il fût homme à vous suivre
Si par votre trépas vous l'aviez prévenu?
Non, madame ; il voudroit achever sa carrière.
La nôtre sera longue encor si nous voulons.
Se faut-il, à vingt ans, enfermer dans la bière?
Nous aurons tout loisir d'habiter ces maisons.
On ne meurt que trop tôt : qui nous presse? attendons.
Quant à moi, je voudrais ne mourir que ridée.
Voulez-vous emporter vos appas chez les morts?
Que vous servira-t-il d'en être regardée?
  Tantôt, en voyant les trésors
Dont le ciel prit plaisir d'orner votre visage,

Je disois : Hélas ! c'est dommage !
Nous-mêmes nous allons enterrer tout cela !
A ce discours flatteur la dame s'éveilla.
Le dieu qui fait aimer prit son temps, il tira
Deux traits de son carquois : de l'un il entama
Le soldat jusqu'au vif ; l'autre effleura la dame.
Jeune et belle, elle avoit sous ses pleurs de l'éclat ;
   Et des gens de goût délicat
Auroient bien pu l'aimer, et même étant leur femme.
Le garde en fut épris : les pleurs, et la pitié,
   Sorte d'amour ayant ses charmes,
Tout y fit ; une belle, alors qu'elle est en larmes,
   En est plus belle de moitié.
Voilà donc notre veuve écoutant la louange,
Poison qui de l'amour est le premier degré :
   La voilà qui trouve à son gré
Celui qui le lui donne. Il fait tant qu'elle mange :
Il fait tant que de plaire, et se rend en effet
Plus digne d'être aimé que le mort le mieux fait :
   Il fait tant enfin qu'elle change ;
Et toujours par degrés, comme l'on peut penser,
De l'un à l'autre il fait cette femme passer.
   Je ne le trouve pas étrange,
Elle écoute un amant, elle en fait un mari,
Le tout au nez du mort qu'elle avoit tant chéri.
Pendant cet hyménée, un voleur se hasarde
D'enlever le dépôt commis au soin du garde :
Il en entend le bruit, il y court à grands pas ;
   Mais en vain, la chose étoit faite.
Il revient au tombeau conter son embarras,

Ne sachant où trouver retraite.
L'esclave alors lui dit, le voyant éperdu :
    L'on vous a pris votre pendu ?
Les lois ne vous feront, dites-vous, nulle grace ?
Si madame y consent, j'y remédierai bien.
    Mettons notre mort en la place,
    Les passants n'y connoîtront rien.
La dame y consentit. O volages femelles !
La femme est toujours femme. Il en est qui sont belles ;
    Il en est qui ne le sont pas :
    S'il en étoit d'assez fidèles,
    Elles auroient assez d'appas.

Prudes, vous vous devez défier de vos forces :
Ne vous vantez de rien. Si votre intention
    Est de résister aux amorces,
La nôtre est bonne aussi : mais l'exécution
Nous trompe également ; témoin cette matrone.
    Et, n'en déplaise au bon Pétrone,
Ce n'étoit pas un fait tellement merveilleux,
Qu'il en dût proposer l'exemple à nos neveux.
Cette veuve n'eut tort qu'au bruit qu'on lui vit faire,
Qu'au dessein de mourir, mal conçu, mal formé.
    Car de mettre au patibulaire
    Le corps d'un mari tant aimé,
Ce n'étoit pas peut-être une si grande affaire ;
Cela lui sauvoit l'autre : et, tout considéré,
Mieux vaut goujat debout, qu'empereur enterré.

BELPHÉGOR

NOUVELLE TIRÉE DE MACHIAVEL.

A MADEMOISELLE DE CHAMMELAY.

De votre nom j'orne le frontispice
Des derniers vers que ma muse a polis.
Puisse le tout, ô charmante Philis,
Aller si loin, que notre los franchisse
La nuit des temps ! Nous la saurons domter,
Moi par écrire, et vous par réciter.
Nos noms unis perceront l'ombre noire :
Vous règnerez long-temps dans la mémoire,
Après avoir régné jusques ici
Dans les esprits, dans les cœurs même aussi.
Qui ne connoît l'inimitable actrice
Représentant ou Phèdre ou Bérénice,
Chimène en pleurs, ou Camille en fureur?
Est-il quelqu'un que votre voix n'enchante,
S'en trouve-t-il une autre aussi touchante,

Une autre enfin allant si droit au cœur?
N'attendez pas que je fasse l'éloge
De ce qu'en vous on trouve de parfait ;
Comme il n'est point de grace qui n'y loge ,
Ce seroit trop, je n'aurois jamais fait.
De mes Philis vous seriez la première ,
Vous auriez eu mon ame tout entière ,
Si de mes vœux j'eusse plus présumé ;
Mais, en aimant, qui ne veut être aimé?
Par ces transports n'espérant pas vous plaire ,
Je me suis dit seulement votre ami ,
De ceux qui sont amants plus d'à demi :
Et plût au sort que j'eusse pu mieux faire !
Ceci soit dit : venons à notre affaire.

Un jour Satan , monarque des enfers ,
Faisoit passer ses sujets en revue.
Là , confondus, tous les états divers ,
Princes et rois, et la tourbe menue ,
Jetoient maint pleur, poussoient maint et maint cri ,
Tant que Satan en étoit étourdi.
Il demandoit en passant à chaque ame :
Qui t'a jetée en l'éternelle flamme ?
L'une disoit, Hélas ! c'est mon mari :
L'autre aussitôt répondoit, C'est ma femme.
Tant et tant fut ce discours répété ,
Qu'enfin Satan dit en plein consistoire :
Si ces gens-ci disent la vérité ,
Il est aisé d'augmenter notre gloire.
Nous n'avons donc qu'à le vérifier.

Pour cet effet, il nous faut envoyer
Quelque démon plein d'art et de prudence,
Qui, non content d'observer avec soin
Tous les hymens dont il sera témoin,
Y joigne aussi sa propre expérience.
Le prince ayant proposé la sentence,
Le noir sénat suivit tout d'une voix.
De Belphégor aussitôt on fit choix.
Ce diable étoit tout yeux et tout oreilles,
Grand éplucheur, clair-voyant à merveilles,
Capable enfin de pénétrer dans tout,
Et de pousser l'examen jusqu'au bout.
Pour subvenir aux frais de l'entreprise,
On lui donna mainte et mainte remise,
Toutes à vue, et qu'en lieux différents
Il pût toucher par des correspondants.
Quant au surplus, les fortunes humaines,
Les biens, les maux, les plaisirs et les peines,
Bref, ce qui suit notre condition
Fut une annexe à sa légation.
Il se pouvoit tirer d'affliction
Par ses bons tours et par son industrie ;
Mais non mourir, ni revoir sa patrie,
Qu'il n'eût ici consumé certain temps :
Sa mission devoit durer dix ans.
Le voilà donc qui traverse et qui passe
Ce que le ciel voulut mettre d'espace
Entre ce monde et l'éternelle nuit :
Il n'en mit guère ; un moment y conduit..
Notre démon s'établit à Florence,

Ville pour lors de luxe et de dépense :
Même il la crut propre pour le trafic.
Là, sous le nom du seigneur Roderic,
Il se logea, meubla comme un riche homme ;
Grosse maison, grand train, nombre de gens.
Anticipant tous les jours sur la somme
Qu'il ne devoit consumer qu'en dix ans.
On s'étonnoit d'une telle bombance :
Il tenoit table, avoit de tous côtés
Gens à ses frais, soit pour ses voluptés,
Soit pour le faste et la magnificence.
L'un des plaisirs où plus il dépensa
Fut la louange. Apollon l'encensa ;
Car il est maître en l'art de flatterie :
Diable n'eut onc tant d'honneurs en sa vie.
Son cœur devint le but de tous les traits
Qu'Amour lançoit : il n'étoit point de belle
Qui n'employât ce qu'elle avoit d'attraits
Pour le gagner, tant sauvage fût-elle ;
Car de trouver une seule rebelle,
Ce n'est la mode à gens de qui la main
Par les présents s'applanit tout chemin.
C'est un ressort en tous desseins utile.
Je l'ai jà dit, et le redis encor,
Je ne connois d'autre premier mobile
Dans l'univers, que l'argent et que l'or.
Notre envoyé cependant tenoit compte
De chaque hymen en journaux différents :
L'un, des époux satisfaits et contents,
Si peu rempli, que le diable en eut honte :

L'autre journal incontinent fut plein.
A Belphégor il ne restoit enfin
Que d'éprouver la chose par lui-même.
Certaine fille à Florence étoit lors,
Belle et bien faite, et peu d'autres trésors ;
Noble d'ailleurs, mais d'un orgueil extrême ;
Et d'autant plus, que de quelque vertu
Un tel orgueil paroissoit revêtu.
Pour Roderic on en fit la demande.
Le père dit que madame Honesta,
C'étoit son nom, avoit eu jusques-là
Force partis ; mais que parmi la bande
Il pourroit bien Roderic préférer ;
Et demandoit temps pour délibérer.
On en convient. Le poursuivant s'applique
A gagner celle où ses vœux s'adressoient.
Fêtes et bals, sérénades, musique,
Cadeaux, festins, bien fort appetissoient,
Altéroient fort le fonds de l'ambassade.
Il n'y plaint rien, en use en grand seigneur,
S'épuise en dons. L'autre se persuade
Qu'elle lui fait encor beaucoup d'honneur.
Conclusion, qu'après force prières,
Et des façons de toutes les manières,
Il eut un oui de madame Honesta.
Auparavant le notaire y passa ;
Dont Belphégor se moquant en son ame :
Hé quoi ! dit-il, on acquiert une femme
Comme un château ! ces gens ont tout gâté.
Il eut raison : ôtez d'entre les hommes

La simple foi, le meilleur est ôté.
Nous nous jetons, pauvres gens que nous sommes,
Dans les procès, en prenant le revers ;
Les si, les cas, les contrats, sont la porte
Par où la noise entra dans l'univers :
N'espérons pas que jamais elle en sorte.
Solennités et lois n'empêchent pas
Qu'avec l'Hymen Amour n'ait des débats.
C'est le cœur seul qui peut rendre tranquille :
Le cœur fait tout, le reste est inutile.
Qu'ainsi ne soit, voyons d'autres états :
Chez les amis tout s'excuse, tout passe ;
Chez les amants tout plaît, tout est parfait ;
Chez les époux tout ennuie et tout lasse.
Le devoir nuit : chacun est ainsi fait.
Mais, dira-t-on, n'est-il en nulles guises
D'heureux ménage? Après mûr examen,
J'appelle un bon, voir un parfait hymen,
Quand les conjoints se souffrent leurs sottises.
Sur ce point-là c'est assez raisonné.
Dès que chez lui le diable eut amené
Son épousée, il jugea par lui-même
Ce qu'est l'hymen avec un tel démon :
Toujours débats, toujours quelque sermon
Plein de sottise en un degré suprême.
Le bruit fut tel, que madame Honesta
Plus d'une fois les voisins éveilla :
Plus d'une fois on courut à la noise.
Il lui falloit quelque simple bourgeoise,
Ce disoit-elle : un petit trafiquant

Traiter ainsi les filles de mon rang !
Méritoit-il femme si vertueuse ?
Sur mon devoir je suis trop scrupuleuse :
J'en ai regret ; et si je faisois bien...
Il n'est pas sûr qu'Honesta ne fit rien :
Ces prudes-là nous en font bien accroire.
Nos deux époux, à ce que dit l'histoire,
Sans disputer n'étoient pas un moment.
Souvent leur guerre avoit pour fondement
Le jeu, la jupe, ou quelque ameublement
D'été, d'hiver, d'entre-temps, bref un monde
D'inventions propres à tout gâter.
Le pauvre diable eut lieu de regretter
De l'autre enfer la demeure profonde.
Pour comble enfin, Roderic épousa
La parenté de madame Honesta,
Ayant sans cesse et le père et la mère,
Et la grand'sœur avec le petit frère ;
De ses deniers mariant la grand'sœur,
Et du petit payant le précepteur.
Je n'ai pas dit la principale cause
De sa ruine, infaillible accident ;
Et j'oubliois qu'il eut un intendant.
Un intendant ! qu'est-ce que cette chose ?
Je définis cet être ; un animal
Qui, comme on dit, sait pêcher en eau trouble ;
Et plus le bien de son maître va mal ;
Plus le sien croît, plus son profit redouble,
Tant qu'aisément lui-même achèteroit
Ce qui de net au seigneur resteroit ;

Dont par raison bien et dûment déduite
On pourroit voir chaque chose réduite
En son état, s'il arrivoit qu'un jour
L'autre devînt l'intendant à son tour ;
Car regagnant ce qu'il eut étant maître,
Ils reprendroient tous deux leur premierêtre.
Le seul recours du pauvre Roderic,
Son seul espoir étoit certain trafic
Qu'il prétendoit devoir remplir sa bourse :
Espoir douteux, incertaine ressource.
Il étoit dit que tout seroit fatal
A notre époux ; ainsi tout alla mal :
Ses agents, tels que la plupart des nôtres,
En abusoient : il perdit un vaisseau,
Et vit aller le commerce à vau-l'eau,
Trompé des uns, mal servi par les autres.
Il emprunta. Quand ce vint à payer,
Et qu'à sa porte il vit le créancier,
Force lui fut d'esquiver par la fuite,
Gagnant les champs, où de l'âpre poursuite
Il se sauva chez un certain fermier,
En certain coin remparé de fumier.
A Mathéo, c'étoit le nom du sire,
Sans tant tourner il dit ce qu'il étoit ;
Qu'un double mal chez lui le tourmentoit,
Ses créanciers, et sa femme encor pire :
Qu'il n'y savoit remède que d'entrer
Au corps des gens, et de s'y remparer,
D'y tenir bon : iroit-on là le prendre ?
Dame Honesta viendroit-elle y prôner

Qu'elle a regret de se bien gouverner ?
Chose ennuyeuse, et qu'il est las d'entendre :
Que de ces corps trois fois il sortiroit,
Sitôt que lui Mathéo l'en prieroit :
Trois fois sans plus ; et ce, pour récompense
De l'avoir mis à couvert des sergents.
Tout aussitôt l'ambassadeur commence
Avec grand bruit d'entrer au corps des gens.
Ce que le sien, ouvrage fantastique,
Devint alors, l'histoire n'en dit rien.
Son coup d'essai fut une fille unique
Où le galant se trouvoit assez bien :
Mais Mathéo, moyennant grosse somme,
L'en fit sortir au premier mot qu'il dit.
C'étoit à Naple. Il se transporte à Rome ;
Saisit un corps : Mathéo l'en bannit,
Le chasse encore : autre somme nouvelle.
Trois fois enfin, toujours d'un corps femelle,
Remarquez bien, notre diable sortit.
Le roi de Naple avoit lors une fille,
Honneur du sexe, espoir de sa famille :
Maint jeune prince étoit son poursuivant.
Là d'Honesta Belphégor se sauvant,
On ne le put tirer de cet asile.
Il n'étoit bruit, aux champs comme à la ville,
Que d'un manant qui chassoit les esprits.
Cent mille écus d'abord lui sont promis.
Bien affligé de manquer cette somme
(Car les trois fois l'empêchoient d'espérer
Que Belphégor se laissât conjurer),

Il la refuse : il se dit un pauvre homme,
Pauvre pécheur, qui, sans savoir comment,
Sans dons du ciel, par hasard seulement,
De quelques corps a chassé quelque diable,
Apparemment chétif et misérable,
Et ne connoît celui-ci nullement.
Il a beau dire : on le force, on l'amène,
On le menace ; on lui dit que, sous peine
D'être pendu, d'être mis haut et court
En un gibet, il faut que sa puissance
Se manifeste avant la fin du jour.
Dès l'heure même on vous met en présence
Notre démon et son conjurateur :
D'un tel combat le prince est spectateur.
Chacun y court : n'est fils de bonne mère
Qui pour le voir ne quitte toute affaire.
D'un côté sont le gibet et la hart ;
Cent mille écus bien comptés, d'autre part.
Mathéo tremble, et lorgne la finance.
L'esprit malin, voyant sa contenance,
Rioit sous cape, alléguoit les trois fois ;
Dont Mathéo suoit dans son harnois,
Pressoit, prioit, conjuroit avec larmes,
Le tout en vain. Plus il est en alarmes,
Plus l'autre rit. Enfin le manant dit
Que sur ce diable il n'avoit nul crédit.
On vous le happe et mène à la potence.
Comme il alloit haranguer l'assistance,
Nécessité lui suggéra ce tour :
Il dit tout bas qu'on battît le tambour.

Ce qui fut fait. De quoi l'esprit immonde
Un peu surpris au manant demanda :
Pourquoi ce bruit? coquin, qu'entends-je là?
L'autre répond : C'est madame Honesta
Qui vous réclame, et va par tout le monde
Cherchant l'époux que le ciel lui donna.
Incontinent le diable décampa,
S'enfuit au fond des enfers, et conta
Tout le succès qu'avoit eu son voyage.
Sire, dit-il, le nœud du mariage
Damne aussi dru qu'aucuns autres états.
Votre grandeur voit tomber ici-bas,
Non par flocons, mais menu comme pluie,
Ceux que l'hymen fait de sa confrérie ;
J'ai par moi-même examiné le cas.
Non que de soi la chose ne soit bonne ;
Elle eut jadis un plus heureux destin :
Mais comme tout se corrompt à la fin,
Plus beau fleuron n'est en votre couronne.
Satan le crut : il fut récompensé,
Encor qu'il eût son retour avancé.
Car qu'eût-il fait? Ce n'étoit pas merveilles
Qu'ayant sans cesse un diable à ses oreilles,
Toujours le même, et toujours sur un ton,
Il fut contraint d'enfiler la venelle :
Dans les enfers, encore en change-t-on.
L'autre peine est, à mon sens, plus cruelle.
Je voudrois voir quelques gens y durer !
Elle eût à Job fait tourner la cervelle.

De tout ceci que prétends-je inférer?
Premièrement, je ne sais pire chose
Que de changer son logis en prison.
En second lieu, si par quelque raison
Votre ascendant à l'hymen vous expose.
N'épousez point d'Honesta, s'il se peut :
N'a pas pourtant une Honesta qui veut.

FIN DES FABLES.

NOTICE

SUR

LA FONTAINE

AVEC QUELQUES OBSERVATIONS SUR SES FABLES

Jean de La Fontaine naquit à Château-Thierry le 8 juillet 1621.[*] Les premières années de sa vie n'eurent rien de remarquable, rien qui parût annoncer ce qu'il devoit être un jour. Élevé par des maîtres qui n'avoient pas, comme Socrate, l'art de faire *enfanter les esprits*, et d'en deviner, par une finesse de tact et d'instinct très difficile à acquérir, le caractère propre et particulier, il resta vingt-deux ans dans une espèce d'inertie qui, s'il eût été moins heureusement né, auroit éteint le feu de son imagination, et peut-être entièrement brisé les ressorts les plus utiles, les plus actifs et les plus puissants de l'ame, l'intérêt et les passions. Mais il est des hommes privilégiés que les préjugés, le pédantisme et les vues étroites de ceux auxquels on confie ordinairement l'institution de la jeunesse, ne peuvent point abrutir : la société offre quelques exemples de ce fait, et La Fontaine en est un.

Montaigne dit que « nos ames sont desnouées à vingt ans « ce qu'elles doivent estre, et qu'elles promettent tout ce « qu'elles pourront ». Il ajoute que « jamais ame qui n'ait donné « en cet aage-là arrhe bien évidente de sa force, n'en donna de-

---

[*] Son père, Charles de La Fontaine, avoit été maître des eaux et forêts; et sa mère, Françoise Pidoux, étoit fille du bailli de Coulommiers.

« puis la preuve. » Cette observation est souvent vraie ; mais elle
est, comme toutes les règles générales, sujette à plusieurs excep-
tions, dont La Fontaine n'est pas, sans doute, une des moins
remarquables. A l'âge de vingt-deux ans il étoit encore ignoré
dans la république des lettres, et l'on étoit même bien éloigné
de prévoir qu'il dût un jour en faire un des principaux orne-
nements, lorsqu'une harmonie, dont le charme lui étoit inconnu, vint frapper son oreille étonnée, et lui apprendre qu'il
étoit né poëte. Ces sortes de hasards ne sont que pour les hommes
de génie, ils n'agissent point sur les esprits vulgaires : c'est
l'étincelle qui embrase la poudre, et qui s'éteint sur la pierre
ou dans l'eau.

Ses premiers essais, dans un art où il devoit bientôt surpasser
ses modèles, furent autant d'imitations fidèles des beautés, des
défauts même, de celui qu'il avoit pris pour maître, et sur les
traces duquel il fut près de s'égarer.

Il lut ensuite nos vieux poëtes françois pour se familiariser
avec leur langue et s'en approprier les tours les plus heureux.
Marot le charma par la naïveté de son style ; et ce mérite réel,
joint à quelques bonnes épigrammes que celles de Rousseau n'ont
pas fait négliger, a préservé jusqu'à présent ses ouvrages de
l'oubli auquel les changements arrivés depuis dans la langue
françoise et dans les principes du goût, par les progrès des
lumières, sembloient devoir le condamner. La Fontaine s'est plu
souvent à l'imiter ; et l'on voit par ses fables combien il doit à
cet auteur dont il ne dédaigne pas même de s'avouer le disciple.

Mais de tous ceux qui ont ranimé en France l'amour des lettres,
et entretenu par leurs travaux cette espèce de feu sacré à la
conservation duquel la gloire et la prospérité des empires sont
nécessairement liées, Rabelais étoit celui qu'il préféroit. Cet
écrivain ingénieux, que Boileau appeloit *la raison habillée en
masque*, faisoit ses délices : on dit même qu'*il l'admiroit folle-
ment*. Quoi qu'il en soit, il est aisé de voir qu'un homme du
caractère de La Fontaine devoit se plaire beaucoup à la lecture
d'un ouvrage où l'on trouve des connoissances très variées, une
érudition vaste, un style original, des principes de politique et

de morale très sensés, quelquefois même très sévères, une critique fine, vive, et enjouée, des ridicules et des vices du temps, une infinité de contes, d'anecdotes et de plaisanteries de très bon goût et du meilleur ton, qu'on aime toujours à se rappeler, et qu'on n'entend jamais citer sans plaisir.

Ces auteurs, auxquels il faut joindre encore Bocace, l'Arioste, et l'*Astrée* de M. d'Urfé, l'occupoient alors tout entier : mais un de ses parents, assez instruit, lui donna le sage conseil de ne pas se borner aux écrivains de sa nation, et de lire, de méditer sans cesse Lucrèce, Virgile, Horace, et Térence, qui, au jugement de Montaigne, *tiennent de bien loing le premier rang en la poésie,* et dont le nom sert encore d'éloge à ceux qui se distinguent dans quelques uns des genres où ils ont excellé. La Fontaine profita de cette utile leçon, et bientôt il sut par cœur les plus beaux endroits de leurs ouvrages.

C'est alors que son enthousiasme pour Malherbe s'affoiblit ; il trouva, pour me servir de ses termes, *qu'il péchoit par être trop beau, ou plutôt trop embelli.*

Il voulut ensuite lire Homère, dont Horace et Quintilien lui avoient donné par des côtés et sous des rapports très divers une si haute idée, et il reconnut dans ses poëmes la source et le modèle de la plupart des beautés qu'il avoit admirées dans l'Énéide.

Enfin Plutarque, et Platon qu'il appelle quelque part *le plus grand des amuseurs,* contribuèrent encore à former son jugement, à régler ses opinions. Cette raison saine et pure qui brille dans la plupart de ses fables, cet amour de l'ordre ou du *beau* en général, qui, selon l'expression d'un ancien, n'est que *l'éclat du bon,* il les puisa, ou plutôt il les perfectionna, dans leurs mâles écrits. C'est le précepte d'Horace mis en action ; on sait qu'il recommande expressément aux poëtes la lecture des philosophes, comme d'excellents guides en morale, et les seuls dont les leçons, jointes à celles de l'expérience, que rien ne peut suppléer, puissent les avancer vers la connoissance de l'homme et de ses rapports, et élever leur esprit à des vérités générales non moins utiles, et sans lesquelles leurs vers vides d'idées ne sont que des bagatelles harmonieuses.

Tels furent les maîtres de La Fontaine dans l'art d'écrire et de penser. J'ai cru devoir insister particulièrement sur cette époque importante de sa vie, parce qu'elle influa beaucoup dans la suite sur le mérite et le caractère de ses ouvrages.

Quoique les pièces fugitives par lesquelles il se fit connoître offrent des détails agréables et des vers heureux, elles ne peuvent servir qu'à mesurer la distance qui les sépare de ses fables, auxquelles il doit presque toute sa réputation, ou du moins la partie la plus brillante et la mieux assurée de cette réputation. C'est là que, donnant un libre essor à son génie, on le vit tout-à-coup, s'éveillant comme d'un profond sommeil, ouvrir aux yeux de son siècle une source féconde de plaisirs et d'instruction, se frayer de nouvelles routes dans une carrière où les anciens l'avoient devancé, annoncer un talent plus rare encore, celui d'être naturel et original même en imitant, et porter son art à un degré de perfection que personne encore n'a pu atteindre.

La Fontaine se plaçoit fort au-dessous d'Ésope et de Phèdre : mais cet aveu public de leur supériorité étoit-il bien sincère? c'est ce qu'il est difficile de se persuader. Il me semble qu'il y a dans l'homme de génie, quelle que soit la chose à laquelle la nature le destine exclusivement, une *conscience*, un sentiment plus ou moins développé de sa propre force, qui correspond en lui à toute l'activité de l'instinct par lequel l'animal est averti de la sienne. La modestie, qui n'est que l'emploi continuel et réfléchi des moyens les plus propres à cacher aux autres sa supériorité, l'usage du monde, le besoin qu'on a de l'estime et de l'amitié de ses semblables, apprennent à ne point blesser leur vanité, à passer, pour ainsi dire, auprès de leur amour-propre sans le choquer : mais ils n'apprennent point à s'ignorer soi-même ; ils n'empêchent point de sentir tout ce qu'on vaut, et même d'en faire souvenir quelquefois ceux qui seroient tentés de l'oublier. La Fontaine est peut-être une exception à ces règles générales, qui ne sont au fond que des résultats de la nature humaine bien observée. Accoutumé dès l'enfance à regarder les anciens comme ses maîtres, à croire que le terme où ils s'étoient

arrêtés dans tous les genres étoit le dernier, et qu'il n'y avoit
rien au-delà, il a pu, par une suite nécessaire de cette préven-
tion habituelle, mal juger de la distance à laquelle il voyoit ces
objets si imposants ; et c'est ce qui a fait dire à Fontenelle ce
mot plaisant, et qui exprime si finement l'extrême simplicité
de La Fontaine, *que cet auteur ne le cédoit ainsi à Phèdre que
par bêtise.* En effet, il suffit, pour s'en convaincre, de comparer
un moment entre eux ces deux poëtes.

Phèdre n'a ni la vérité, ni l'enjouement, ni la naïveté de La
Fontaine : trois qualités également essentielles, dont la dernière
surtout convient particulièrement à la fable. Il est moins rapide
et moins vif que lui dans ses récits. Son style pur et concis, mais
uniforme, froid et sans couleur, a je ne sais quoi de grave et
de sévère qui convient mieux au poëme didactique qu'à l'apologue, où il faut de la facilité, et même une sorte de négligence
et de familiarité, qui a sa limite invariable, comme tout ce qui
est bien dans quelque genre que ce soit. Il ne connoît ni l'art
d'intéresser ses lecteurs par des images qui leur rappellent des
sensations douces, ou par la peinture de certains phénomènes
de la nature aussi difficiles à observer qu'à décrire ; ni celui
d'indiquer d'un mot des rapports secrets entre les objets les plus
éloignés, et de faire sortir de ces rapprochements ingénieux
une moralité fine, et d'autant plus piquante qu'elle est plus
détournée et plus imprévue. Ses fables sont l'ouvrage d'un écrivain correct et châtié, dont l'ame honnête et droite, mais toujours égale et tranquille, ne se passionne ni contre le vice ni
pour la vertu : on les lit avec plaisir la première fois ; mais on
ne se sent pas tourmenté du desir de les relire une seconde, une
troisième, une centième, comme celles de La Fontaine. Celui-
ci a plus d'imagination, plus de verve et plus de connoissances
que Phèdre ; il a vu et comparé plus d'objets, rassemblé plus
de faits : observateur scrupuleux de ces convenances dont la
réunion forme ce qu'on appelle la *vérité* en poésie comme en
peinture, ses personnages, quels qu'ils soient, disent presque
toujours ce qu'ils doivent dire dans leur position. Il a su donner à son dialogue cette précision, ce naturel, une des plus rares

qualités du style, même dans les meilleurs écrivains, et peut-être la seule qu'on n'acquiert point par l'étude. Il faut lire ses vers pour connoître toutes les ressources de notre langue, et la variété des formes dont elle est susceptible lorsqu'elle est maniée par un homme de génie. On trouve dans plusieurs de ses fables l'élégance et la sensibilité de Tibulle ; dans d'autres, le nombre et l'harmonie de Virgile ; ici, la délicatesse d'Horace, son esprit, son goût ; là, cette finesse de réflexion qui rend les ouvrages de cet ancien poëte si utiles, si agréables : en un mot, La Fontaine a toutes les sortes de style, et, dans chacun, les beautés qui lui sont propres, sans excepter même les mouvements les plus pathétiques et les plus impétueux de l'éloquence.

A l'égard du peu de succès de ses fables dans un siècle d'ailleurs aussi éclairé que celui de Louis XIV, on en est d'abord étonné ; car on ne peut nier qu'elles n'aient trouvé plus d'admirateurs parmi nous que parmi ses contemporains, qu'elles n'y soient plus lues, plus goûtées, mieux appréciées, plus senties. Mais il me semble que ce fait s'explique très naturellement, et qu'on en peut rendre ces deux raisons. La première, c'est qu'un bon livre dans un genre où personne encore ne s'est exercé, une grande découverte dans les sciences ou dans les arts, en un mot un homme de génie poëte ou philosophe, géomètre ou mécanicien, est une espèce de phénomène auquel il importe beaucoup de se produire dans certain temps et dans certaines circonstances : s'il se montre avant que les esprits soient préparés, il ne fait aucune sensation, et est à peine aperçu : c'est un rayon de lumière qui perce l'intérieur d'une caverne, l'éclaire un moment, et s'éteint. La seconde, c'est qu'à l'époque où La Fontaine publia ses fables on connoissoit, il est vrai, celles d'Ésope et de Phèdre ; mais personne alors n'avoit réfléchi sur le caractère, la forme et le but de l'apologue, sur le style propre à cette espèce de poëme, sur la marche qu'il faut donner au dialogue, sur les ornements qui lui conviennent, sur les moyens de perfectionner ce nouveau genre ; on n'avoit même aucune idée de la variété des talents qu'il exige, et qu'il est si rare de voir rassembler dans un seul homme. Or, pour juger sainement d'un ouvrage de littérature, il faut avoir des objets de comparaison, c'est-à-dire des modèles de beauté qui aient ou une existence idéale et abstraite dans l'entendement ou réelle dans la nature et dans l'art : il faut, d'après des réflexions fondées sur l'expérience et l'observation, avoir établi les principes, les règles, la théorie, en un mot la poétique du genre, et qu'avant de devenir la mesure exacte, générale, et connue, de tout ce qu'on écrira dans la suite sur la même matière, ces principes et ces règles aient été examinés, discutés, attaqués, contredits par des philosophes, et exposés long-temps aux objections ; car, selon la remarque d'un savant moderne, ce sont elles qui fortifient les bons systèmes, elles font sentir la nécessité de les admettre. Sans toutes ces précautions, sans la réunion de tous ces moyens, on court risque de s'éloigner de la vérité, dont le centre, surtout dans des questions de goût, est quelquefois si mobile : c'est ce qui est arrivé aux écrivains du siècle de Louis XIV, qui, à l'exception de Molière, de Racine, de la Rochefoucauld, de Fontenelle, de Bayle, et de quelques autres esprits de cet ordre, n'ont pas rendu justice à La Fontaine, et ne paroissent pas en général avoir tourné leurs vues et leurs études vers des spéculations assez utiles, assez philosophiques pour apercevoir le but souvent très éloigné qu'il s'est proposé dans ses fables, et pour en étendre eux-mêmes la moralité en l'appliquant à des objets plus voisins d'eux, et qui les touchassent de plus près.

Une fable, de même que la plupart des autres poëmes, est une action qui a sa marche, ses développements, ses progrès, ses incidents, sa durée, son dénouement, et dans laquelle on doit voir un espace parcouru, un but, et des moyens pour y arriver. C'est le mérite de celles de La Fontaine. Mais ce n'est pas le seul avantage qu'il ait sur ses modèles ; il les surpasse encore dans l'art de pallier l'invraisemblance de ses contes, et de donner à ses mensonges ingénieux tout l'intérêt dont la vérité est susceptible : art difficile, et auquel on peut réduire toute la poétique de la fable prise dans le sens le plus étendu. J'ajoute que, sous un titre frivole, et sans négliger aucune des graces et des beautés de détail que ce genre exige et qui lui sont propres, cet ou-

vrage est peut-être un de ceux où l'intervalle immense qui sépare l'homme d'esprit de l'homme de génie est le plus souvent
et le plus fortement marqué. Il y a peu de ses bonnes fables (et
elles sont en grand nombre) où l'on ne trouve quelques uns de
ces mots de sentiment, quelques unes de ces idées générales qui
semblent jetées au hasard, et dont la délicatesse ou la profondeur porte l'espr t à la méditation, ou dispose l'ame à une mélancolie qui n'est point sans un grand plaisir. Ce sont ces mots
mêmes et ces idées qu'un homme d'esprit n'auroit jamais trouvés ; c'est précisément ce pas si difficile, par cela même qu'il est
le dernier, que l'homme de génie pouvoit seul franchir, et par
lequel il se montre tout-à-coup fort au-delà du terme où le premier se seroit arrêté. Ce sont toutes ces qualités réunies qui rendent La Fontaine inimitable ; c'est par elle qu'il captive, qu'il
entraîne ses lecteurs : et l'on n'est jamais tenté de demander
s'il a puisé dans son propre fonds ou dans une autre source les
sujets qu'il a traités. Qu'importe, par exemple, que Pilpay lui
ait fourni l'idée de la fable de *l'Homme et la Couleuvre,* si l'un
s'en sert pour prouver qu'il ne faut pas se fier aux paroles de
ses ennemis, et si l'autre, après en avoir fait une fable sublime,
pleine de verve, d'éloquence et de raison, en tire encore une moralité plus générale, plus applicable dans les diverses circonstances
de la vie, et m'y fait voir le sort que les grands réservent à ceux
qui osent leur dire la vérité, et à quel excès de démence, d'ingratitude et de férocité, ils sont portés par leur orgueil, leur
mauvaise éducation, et les conseils funestes de ceux qui les en-
tourent?

J'en dis autant des autres fables dont La Fontaine a emprunté
le sujet des Orientaux, des Grecs ou des Latins. Combien n'y
a-t-il pas ajouté de vues nouvelles, de pensées fines, d'images
riantes et douces, dont on n'aperçoit pas la moindre trace dans
ses auteurs ! quel agrément et quelle variété dans ses préam-
bules ! quelle sobriété dans l'usage qu'il fait de la mythologie,
de l'histoire, et de la philosophie ! comme le ton de sa lyre se
diversifie au gré des objets qu'il veut peindre ! quel goût dans
le choix des détails les plus propres à intéresser ses lecteurs !

avec quel art il sait faire dominer dans toute sa fable le sentiment dont il est pénétré et qu'il veut transmettre à leur ame !
On lit encore, et on lira même toujours, Ésope et Phèdre, parce
que leur langue s'étudie et ne se parle plus : s'ils avoient écrit en
françois, il y a long-temps que La Fontaine les auroit fait oublier.

Il avoit reçu de la nature toutes les qualités qui peuvent
faire pardonner un talent supérieur : un caractère simple
et naïf, un cœur droit et bienfaisant, une ame sensible et pas-
sionnée, source d'une multitude d'instants délicieux que les
hommes tranquilles et froids ignorent, et qui sont perdus
pour eux. Son extérieur étoit modeste, son air affable, sa contenance embarrassée, et sa physionomie peu spirituelle. On peut
lui appliquer ce que Tacite disoit d'Agricola : « En le voyant,
« en le contemplant, la multitude, qui ne juge du mérite que
« par des dehors imposants, cherchoit en lui l'homme célèbre ;
« peu de gens le devinoient. » Fontenelle, qui l'avoit un peu
connu, le définissoit ainsi : « Un homme qui étoit toujours de-
« meuré à peu près tel qu'il étoit sorti des mains de la nature,
« et qui, dans le commerce des autres hommes, n'avoit presque
« pris aucune teinture étrangère. De là venoit son inimitable et
« charmante naïveté. »

Né sans ambition, il cultivoit les lettres au sein de l'amitié ;
on étoit sûr de ne l'avoir jamais pour concurrent dans le chemin de la fortune ; il méprisoit toutes ces petites intrigues,
toutes ces cabales obscures dont l'effet est toujours d'honorer
l'homme médiocre de la récompense qui n'est due qu'au mérite.
Ses mœurs étoient pures et ses discours très réservés. Il étoit
naturellement rêveur et distrait, même avec ses amis ; mais,
lorsqu'on savoit le tirer de cet état d'abstraction, sa conver-
sation s'animoit peu à peu, et devenoit bientôt instructive : il
se plaisoit surtout à agiter les questions de grammaire les plus
compliquées. Ces sortes de discussions, qui exigent une logique
très fine, un jugement sain, et même beaucoup de goût, sont
d'autant plus utiles, que l'étude d'une langue, quand elle n'est
pas dirigée par l'esprit philosophique, se réduit à une pure
science de mots : ce n'est plus alors qu'une affaire de mémoire

et de patience ; et l'on pourroit les savoir toutes, sans avoir une idée de plus, et sans être capable de lier et de comparer ensemble deux faits ou deux sensations.

La Fontaine fut le seul des hommes illustres de son temps qui n'eut aucune part aux bienfaits de Louis XIV. Ce fait, dont il est assez difficile de découvrir la cause, me paroît très remarquable ; et je m'étonne que Voltaire, qui nous a appris sur le siècle de Louis XIV tant de choses aussi curieuses que peu connues, n'ait pas tenté de l'expliquer : personne n'étoit plus capable que lui d'y réussir. Un grand amour de la vérité, de la sagacité dans le choix des moyens les plus propres à s'en assurer, du courage pour la dire avec cette modération qui donne tant de force à la raison ; telles sont les qualités qu'on remarque dans tout ce qu'il a écrit sur l'histoire, et qu'on ne peut lui refuser sans injustice : c'en est assez pour croire que, s'il n'a rien dit des motifs de la conduite particulière de Louis XIV envers La Fontaine, c'est qu'il n'a pu les pénétrer. Peut-être certaines fables de cet auteur, où il s'est montré meilleur philosophe qu'habile courtisan, éclairciroient-elles cette difficulté.

Quoi qu'il en soit, La Fontaine trouva d'illustres Mécènes dont les secours généreux le sauvèrent de l'indigence, et réparèrent en quelque sorte l'oubli du souverain, ou plutôt l'effet des vengeances particulières de son ministre. Sans ces ressources, ce grand homme auroit été forcé d'abandonner ses parents, ses amis, tous les objets les plus chers à son cœur, de chercher sa subsistance de contrée en contrée, et, par une fuite involontaire, de couvrir de honte aux yeux des étrangers son ingrate patrie. Parmi ceux qui s'empressèrent de pourvoir à ses besoins, on lit avec un plaisir mêlé d'attendrissement les noms du duc de Bourgogne, de la Sablière, et d'Hervart ; ils rappellent des actions qui font honneur à l'humanité.

La Fontaine demeura chez madame de la Sablière près de vingt ans, pendant lesquels il fut délivré de tout soin domestique : ce qui convenoit également à sa paresse et à son incapacité absolue pour les affaires. C'est sans doute cette indifférence pour les biens de la fortune, cet amour du repos et de la liberté,

cette disposition habituelle à vivre d'une vie incertaine et pré-
caire, sans s'occuper de l'avenir, sans prévoir même les besoins
du lendemain, que madame de la Sablière vouloit exprimer,
lorsqu'un jour, après avoir congédié tous ses domestiques à la
fois, elle disoit avec autant de grace que de finesse : *Je n'ai
gardé auprès de moi que mes trois animaux : mon chien, mon
chat, et La Fontaine.*

A la mort de cette femme, dont il fait l'éloge le plus flatteur,
il se retira chez M. d'Hervart son ami ; et ce fut à cette occasion qu'il dit ce mot si touchant, si naïf, et qu'on peut appeler
un mot de caractère. Quelques jours après avoir perdu madame
de la Sablière, il rencontre M. d'Hervart : « Mon cher La Fon-
« taine, lui dit cet homme estimable, j'ai su le malheur qui
« vous est arrivé. Vous étiez logé chez madame de la Sablière ;
« elle n'est plus : j'allois vous proposer de venir loger chez moi. »
— « J'y allois, » répondit La Fontaine.

Un autre mot plus connu peut-être, mais qui ne mérite pas
moins d'être rapporté, c'est celui de Molière. Il soupoit avec
La Fontaine, Boileau, Racine, et quelques amis communs : La
Fontaine, plus distrait qu'à l'ordinaire, paraissoit occupé de
profondes méditations ; Racine et Boileau, voulant le tirer de
sa rêverie, le railloient très durement. Molière trouva qu'ils
passoient les bornes de la plaisanterie ; alors, prenant à part un
des convives, il lui dit avec vivacité : *Nos beaux esprits ont
beau se trémousser, ils n'effaceront pas le bon homme.*

La Fontaine consacra les dernières années de sa vie à la piété,
à la pénitence la plus austère. Il mit en vers les hymnes de l'é-
glise : mais il étoit vieux alors et souffrant ; sa verve étoit éteinte,
son imagination glacée par l'âge, sa tête affoiblie par une longue
maladie, et son corps épuisé par les remèdes souvent pires que
le mal même. Cette traduction est absolument ignorée aujour-
d'hui : mais on se souvient toujours de ses fables ; à tout âge,
dans tous les instants, dans toutes les circonstances de la vie,
on les lit avec le même plaisir.

La vie de La Fontaine, prise dans toutes ses circonstances,
n'offre aucun de ces faits qui caractérisent une grande répu-

tation, de ces faits tels qu'on en remarque dans la vie de Corneille, de Molière, de Racine, de Boileau, de Voltaire, etc. Le peuple même, que son intérêt rend meilleur juge de la bonté que de l'esprit, et dans la langue duquel les termes *simplicité* et *bêtise* sont synonymes, ne voyoit en lui qu'un homme d'une intelligence très bornée. C'est ce qu'on peut inférer, ce me semble, d'un mot qui, en peignant la bonhomie de La Fontaine, fait très bien connoître l'opinion que la multitude avoit de cet homme si digne d'être aimé. La garde qu'on lui donna pendant sa dernière maladie, frappée de la vivacité avec laquelle son confesseur l'exhortoit à la pénitence, lui dit : « Hé! « ne le tourmentez pas tant ; il est plus bête que méchant : « Dieu n'aura jamais le courage de le damner »

Cet homme, toujours sincère avec lui-même dans les époques si différentes de sa vie, et qui, pour me servir de l'expression de l'abbé d'Olivet, *a mérité que sa mémoire fût à jamais sous la protection des honnêtes gens,* mourut à Paris le 15 mars 1695, et fut enterré dans le cimetière de Saint-Joseph, à l'endroit même où Molière, son ami, avoit été mis vingt-deux ans auparavant.

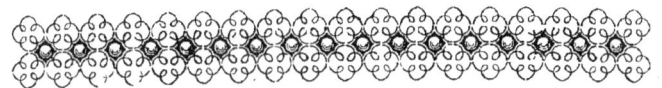

TABLE DES FABLES

L'Aigle et l'Escarbot. II, 8.
L'Aigle et le Hibou. V, 18.
L'Aigle, la Laie, et la Chatte. III, 6.
L'Aigle et la Pie. XII, 11.
L'Alouette et ses Petits, avec le Maître d'un champ. IV, 22.
Les deux Amis VIII, 11.
L'Amour et la Folie. XII, 14.
L'Ane chargé d'éponges et l'Ane chargé de sel. II, 10.
L'Ane et le Chien. VIII, 17.
L'Ane et le petit Chien. IV, 5.
L'Ane et ses Maîtres. VI, 11.
L'Ane portant des reliques. V, 14
L'Ane vêtu de la peau du Lion. V, 21.
Un Animal dans la Lune. VII, 18.
Les Animaux malades de la Peste. VII, 1
L'Araignée et l'Hirondelle. X, 7.
L'Astrologue qui se laisse tomber dans un puits. II, 13.
L'Avantage de la Science VIII, 19.
L'Avare qui a perdu son trésor. IV, 20
Les deux Aventuriers et le Talisman. X, 14.
Le Bassa et le Marchand. VIII, 18.
La Belette entrée dans un grenier. III, 17.

Le Berger et la Mer. IV, 2.
Le Berger et le Roi. X, 10.
Le Berger et son Troupeau. IX, 19.
La Besace I, 7.
Le Bucheron et Mercure. V, 1.
Le Cerf malade. XII, 6.
Le Cerf se voyant dans l'eau. VI, 9.
Le Cerf et la Vigne. V, 15.
Le Chameau et les Batons flottants. IV, 10.
Le Charlatan. VI, 19.
Le Charretier embourbé. VI, 18.
Le Chat, la Belette, et le petit Lapin. VII, 16.
Le Chat et les deux Moineaux. XII, 2.
Le Chat et le vieux Rat. III, 18.
Le Chat et le Rat. VIII, 22
Le Chat et le Renard. IX, 14.
Le vieux Chat et la jeune Souris. XII, 5.
La Chatte métamorphosée en Femme. II, 18.
La Chauve-Souris et les deux Belettes. II, 5.
La Chauve-Souris, le Buisson, et le Canard. XII, 7.
Le Chêne et le Roseau. I, 22.
Le Cheval s'étant voulu venger du Cerf. IV, 13.

Le Cheval et l'Ane. VI, 16.
Le Cheval et le Loup. V, 8.
Les deux Chèvres. XII, 4.
Le Chien a qui on a coupé les oreilles. X, 9.
Le Chien qui lache sa proie pour l'ombre. VI, 17.
Le Chien qui porte a son cou le diné de son Maitre. VIII, 7.
Les deux Chiens et l'Ane mort. VIII, 25.
Le Cierge. IX, 12.
La Cigale et la Fourmi. I, 1.
Le Coche et la Mouche. VII, 9.
Le Cochet, le Chat, et le Souriceau. VI, 5.
Le Cochon, la Chèvre, et le Mouton. VIII, 12.
La Colombe et la Fourmi. II, 12.
Le Combat des Rats et des Belettes. IV, 6.
Les Compagnons d'Ulysse. XII, 1.
Conseil tenu par les Rats. II, 2.
Contre ceux qui ont le gout difficile. II, 1.
Le Coq et la Perle. I, 20
Le Coq et le Renard. II, 15.
Les deux Coqs. VII, 13.
Le Corbeau, la Gazelle, la Tortue et le Rat. XII, 15.
Le Corbeau voulant imiter l'Aigle. II, 16.
Le Corbeau et le Renard. I, 2.
La Cour du Lion. VII, 7.
Le Curé et le Mort. VII, 11.
Le Cygne et le Cuisinier. III, 12.
Daphnis et Alcimadure. XII, 26.
Démocrite et les Abdéritains. VIII, 26.
Le Dépositaire infidèle. IX, 1.
Les Devineresses. VII, 15.
Les Dieux voulant instruire un fils de Jupiter. XI, 2.
La Discorde. VI, 20.
Le Dragon a plusieurs têtes et le Dragon a plusieurs queues. I, 12.
L'Écolier, le Pédant, et le Maître d'un jardin. IX, 5.

L'Écrevisse et sa Fille. XII, 10.
L'Éducation. VIII, 24.
L'Éléphant, et le Singe de Jupiter. XII, 21.
L'Enfant et le Maitre d'école. I, 19.
L'Enfouisseur et son Compère. X, 5.
Le Faucon et le Chapon. VIII, 21.
La Femme noyée. III, 16.
Les Femmes et le Secret. VIII, 6.
Le Fermier, le Chien, et le Renard. XI, 3.
La Fille. VII, 5.
La Forêt et le Bucheron. XII, 16.
La Fortune et le jeune Enfant. V, 11.
Le Fou qui vend la Sagesse. IX, 8.
Un Fou et un Sage. XII, 22.
Les Frelons et les Mouches a miel. I, 21.
Le Geai paré des plumes du Paon. IV, 9.
La Génisse, la Chèvre, et la Brebis, en société avec le Lion. I, 6.
Le Gland et la Citrouille. IX, 4.
La Goutte et l'Araignée. III, 8.
La Grenouille qui veut se faire aussi grosse que le Boeuf. I, 3.
La Grenouille et le Rat. IV, 11.
Les Grenouilles et le Soleil. VI, 12 ; XII, 24.
Les Grenouilles qui demandent un Roi. III, 4.
Le Héron. VII, 4.
L'Hirondelle et les petits Oiseaux. I, 8.
L'Homme et la Couleuvre. X, 2.
L'Homme et la Puce. VIII, 5.
L'Homme et son Image. I, 11.
L'Homme entre deux ages, et ses deux Maitresses. I, 17.
L'Homme et l'Idole de bois. IV, 8.
L'Homme qui court après la Fortune, et l'Homme qui l'attend dans son lit. VII, 12.
L'Horoscope. VIII, 16.
L'Huitre et les Plaideurs. IX, 9.
L'Hyménée et l'Amour. XII, 25.

L'Ingratitude et l'Injustice des Hommes envers la Fortune. VII, 14.

L'Ivrogne et sa Femme. III , 7.

Le Jardinier et son Seigneur. IV, 4.

Le Juge arbitre, l'Hospitalier, et le Solitaire. XII, 27.

Jupiter et le Métayer. VI, 4.

Jupiter et le Passager. IX, 13.

Jupiter et les Tonnerres. VIII, 20.

Le Laboureur et ses Enfants. V, 9.

La Laitière et le Pot au lait. VII, 10.

Les Lapins. X, 15.

La Lice et sa Compagne. II, 7.

Le Lièvre et les Grenouilles. II, 14

Le Lièvre et la Perdrix. V, 17.

Le Lièvre et la Tortue. VI, 10.

La Ligue des Rats. XII, 25.

Le Lion. XI, 1.

Le Lion abattu par l'Homme. III, 10.

Le Lion amoureux IV, 1.

Le Lion devenu vieux III, 14.

Le Lion malade, et le Renard. VI, 14.

Le Lion s'en allant en guerre. V, 19.

Le Lion et l'Ane chassant. II, 19.

Le Lion et le Chasseur VI, 2.

Le Lion, le Loup et le Renard VIII, 3.

Le Lion et le Moucheron. II, 9.

Le Lion et le Rat. II, 11.

Le Lion, le Singe et les deux Anes. XI, 5

La Lionne et l'Ourse X, 13.

Le Loup et l'Agneau I, 10.

Le Loup devenu Berger. III, 3.

Le Loup et les Bergers. X, 6.

Le Loup et le Chasseur VIII, 27.

Le Loup et le Chien I, 5.

Le Loup et le Chien maigre IX, 10.

Le Loup, la Chèvre et le Chevreau. IV, 15.

Le Loup et la Cigogne. III, 9.

Le Loup, la Mère et l'Enfant. IV, 16.

Le Loup plaidant contre le Renard par-devant le Singe. II, 3.

Le Loup et le Renard XI, 6; XII, 9.

Les Loups et les Brebis. III, 13.

Le mal Marié. VII, 2.

Le Marchand, le Gentilhomme, le Patre, et le Fils de Roi. X, 16.

Le Mari, la Femme, et le Voleur. IX, 15.

Les Médecins. V, 12.

Les Membres et l'Estomac. III, 2.

Le Meunier, son Fils et l'Ane. III, 1.

Le Milan et le Rossignol IX, 18.

La Montagne qui accouche. V, 10.

La Mort et le Bucheron. I, 16.

La Mort et le Malheureux. I, 15.

La Mort et le Mourant. VIII, 1.

La Mouche et la Fourmi. IV, 3.

Le Mulet se vantant de sa généalogie. VI, 7.

Les deux Mulets. I, 4.

Les Obsèques de la Lionne. VIII, 14.

L'OEil du Maître. IV, 21.

L'Oiseau blessé d'une flèche. II, 6.

L'Oiseleur, l'Autour, et l'Alouette. VI, 15.

L'Oracle et l'Impie. IV, 19.

Les Oreilles du Lièvre. V, 4.

L'Ours et l'Amateur des Jardins. VIII, 10.

L'Ours et les deux Compagnons. V, 20.

Le Paon se plaignant à Junon. II, 17.

Parole de Socrate. IV, 17.

Le Patre et le Lion. VI, 1.

Le Paysan du Danube. XI, 7.

Le petit Poisson et le Pécheur. V. 3.

La Perdrix et les Coqs. X, 8.

Les deux Perroquets ; le Roi, et son Fils. X, 12.

Phébus et Borée. VI, 3.

Philomèle et Progné. III, 15.

Le Philosophe scythe. XII, 20.

Les deux Pigeons. IX, 2.

Les Poissons et le Berger qui joue de la flute. X, 11.

Les Poissons et le Cormoran. X, 4.

Le Pot de terre et le Pot de fer. V, 2.

La Poule aux OEufs d'or. V, 13.

Le Pouvoir des Fables. VIII, 4.

La Querelle des Chiens et des Chats, et celle des Chats et des Souris. XII, 8.

Le Rat qui s'est retiré du monde. VII, 3.

Le Rat et l'Éléphant. VIII, 15.

Le Rat et l'Huître. VIII, 9.

Le Rat de ville et le Rat des champs. I, 9.

Les deux Rats, le Renard et l'oeuf. X, 1.

Le Renard qui a la queue coupée. V, 5.

Le Renard anglais. XII, 23.

Le Renard et le Bouc. III, 5.

Le Renard et le Buste. IV, 14.

Le Renard et la Cigogne. I, 18.

Le Renard, le Loup, et le Cheval. XII, 17.

Le Renard, les Mouches, et le Hérisson. XII, 13.

Le Renard et les Poulets d'Inde. XII, 18.

Le Renard et les Raisins. III, 11.

Le Renard, le Singe et les Animaux. VI, 6.

Rien de trop. IX, 11.

Le Rieur et les Poissons. VIII, 8.

Le Roi, le Milan, et le Chasseur. XII, 12.

Le Satyre et le Passant. V, 7.

Le Savetier et le Financier. VIII, 2.

Le Serpent et la Lime. V, 16.

Simonide préservé par les Dieux. I, 14.

Le Singe. XII, 19.

Le Singe et le Chat. IX, 17.

Le Singe et le Dauphin. IV, 7.

Le Singe et le Léopard. IX, 3.

Le Soleil et les Grenouilles. VI, 12; XII, 24.

Le Songe d'un Habitant du Mogol. XI, 4.

Les Souhaits. VII, 6.

La Souris métamorphosée en Fille. IX, 7.

Les Souris et le Chat-Huant XI, 9.

Le Statuaire et la Statue de Jupiter. IX, 6.

Les deux Taureaux et la Grenouille. II, 4.

Testament expliqué par Ésope. II, 20.

La Tête et la Queue du Serpent. VII, 17.

Le Thésauriseur et le Singe. XII, 3.

Tircis et Amarante. VIII, 13.

Le Torrent et la Rivière. VIII, 23.

La Tortue et les deux Canards. X, 3.

Le Trésor et les deux Hommes. IX, 16.

Tribut envoyé par les Animaux a Alexandre. IV, 12.

Les Vautours et les Pigeons. VII, 8.

La jeune Veuve. VI, 21.

Le Vieillard et l'Ane. VI, 8.

Le Vieillard et ses Enfants. IV, 18.

Le Vieillard et les trois jeunes Hommes. XI, 8.

La Vieille et les deux Servantes. V, 6.

Le Villageois et le Serpent. VI, 13.

Les Voleurs et l'Ane. I, 13.

Philémon et Baucis. 271
La Matrone d'Éphèse. 278
Belphégor. 285
Notice sur La Fontaine. 297

FIN DE LA TABLE.

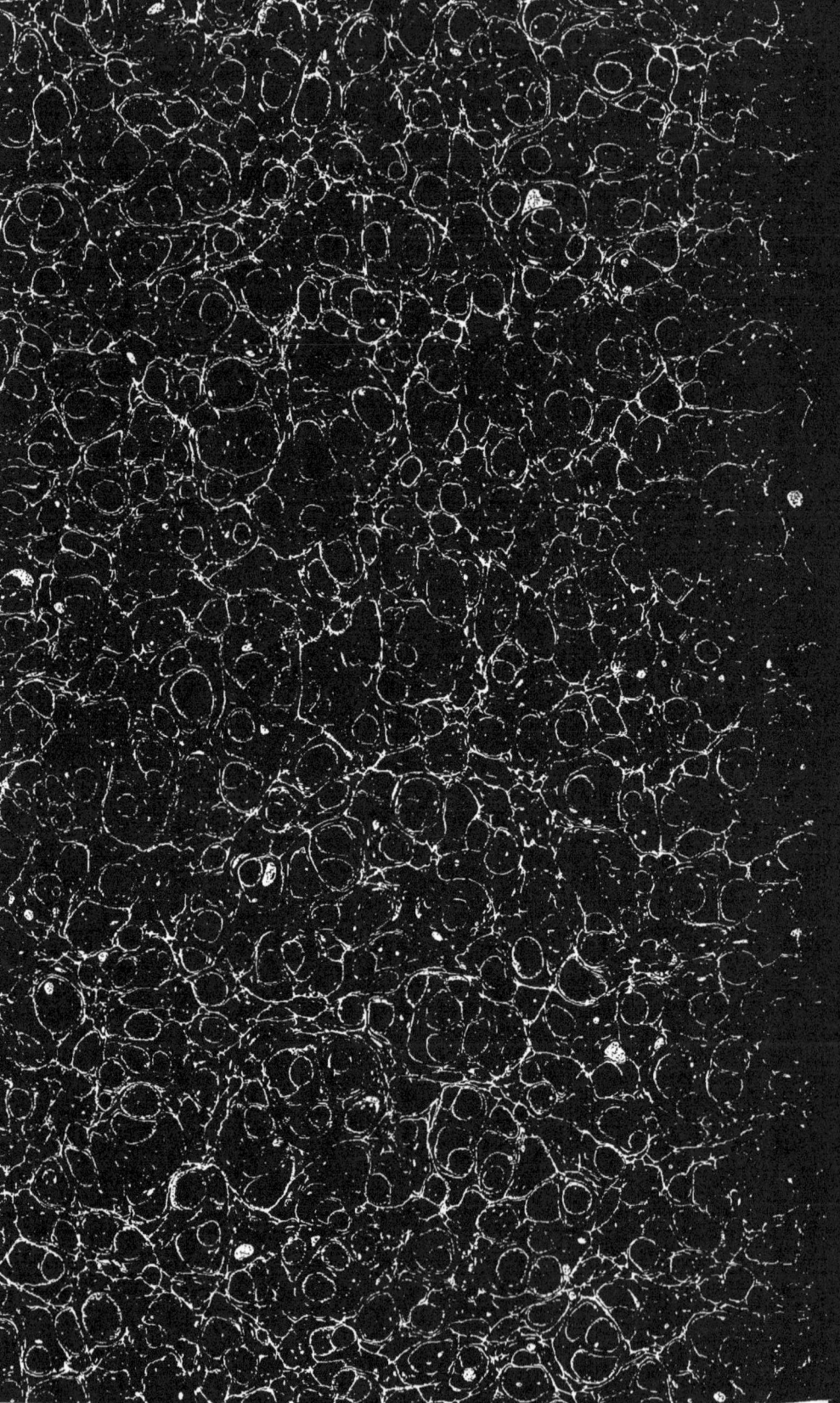

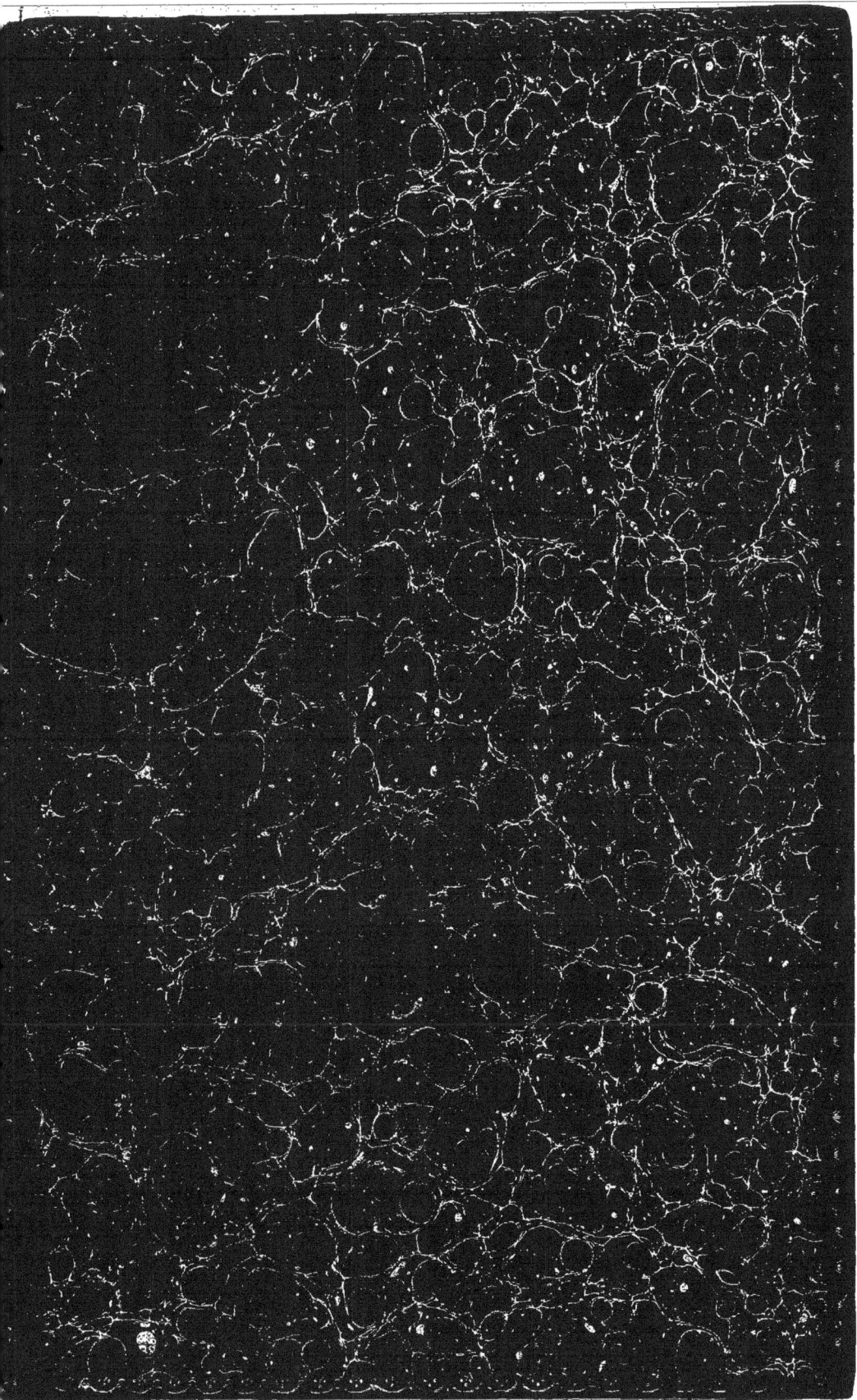

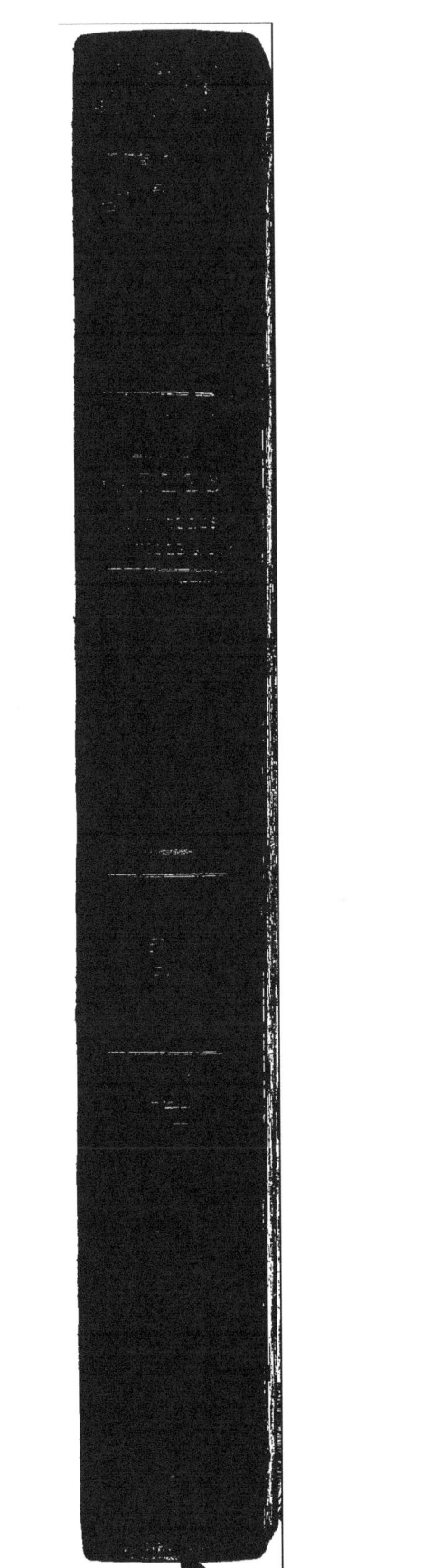